レジェンドノベルス
LEGEND NOVELS

魔界本紀 2

下剋上のゴーラン

contents

レジェンドノベルス
LEGEND NOVELS

魔界本紀 2

下剋上のゴーラン

魔界地図
氷結の海
小魔王 ファーラの国
塩の柱
魔王 ジャニウスの国
大魔王ダールムの国
小魔王 レニノスの国
魔王 ギドマンの国
小魔王 メルヴィスの国
小魔王 ロウスの国
小魔王 クルルの国
小魔王 ウルワーの国
塩の柱
小魔王 ルバンガの国
小魔王 ナクティの国
小魔王 モニンの国
魔王 トラルザードの国
大魔王 ビハシニの国
小魔王 ユヌスの国
小魔王 リストリスの国
小魔王 チリルの国
魔王 リーガードの国
N
S
E
W

第一章　ワイルドハント

小魔王レニノスの軍が攻めてきて、俺たちは『見晴らしの丘』で防衛戦をした。まあ、いろいろあって、それには勝利した。俺はそのときの報酬をもらいに、ファルネーゼ将軍が治める町まで来ている。

報酬は『深海竜《しんかいりゅう》の太刀』だ。俺は太刀をもらってすぐに帰りたかったが、その前に魔王トラルザードの国から使者が来てしまった。間の悪い。

そしてなぜか俺も、ファルネーゼ将軍と一緒に翔竜《しょうりゅう》族のメラルダと会談することになった。

そのメラルダとの会談中……俺とネヒョルとの繋《つな》がりが切れた。奴《やつ》が切りやがったんだ。

「ネヒョルのやろう……やりやがったな！」

脳筋のオーガ族は、支配のオーブが繋がっているから敵味方を間違えずに戦えるんだぞ。それが切れてしまった。戦場で軍団長や部隊長が死んでも、支配の流れは保たれる。将軍と繋がっているからだ。電子回路で言えば、直列に並んだ電球がひとつ消えたに等しい。だがこれは違う。ネヒョルは、回路の導線を断ち切ったのだ。

「おぬしらさっきから……何を話しておる？　察するに離反《りはん》者が出たようじゃが」

メラルダが訝《いぶか》しげな声をあげた。こんな状況じゃなかったら、メラルダは俺が口説きたいくらいの美人だ。眉根を寄せた顔も様になっている。ただし魔界の住人の中でも長命の種族は、外見と年齢が一致していない。空気を読む俺は、メラルダに歳《とし》を聞くなんて野暮なことはしないが……まあ、メラルダが千年生きていても俺は驚かない。

そして俺はいま、会談の途中だと気がついた。どうやらあまりに動揺していて、他国の将軍の前で、この国の内情を喋《しゃべ》ってしまっている。

「少々こちらで問題が発生しまして……」

将軍も失言に気づいたようで、慌てて取り繕うが、表情に余裕がない。

「何があった？」

「他国の方にお聞かせするような話では……自国内のことですから」

「いまは両国で重要な話をしておる。関係するやもしれん」

「関係ありません。私の部下の事ですので」

「それを決めるのはおぬしではない。隠すと為にならんぞ」

納得できる言い分である。メラルダとしても、俺たちが信用に足る相手か、見極めたいのだろう。ここで嘘《うそ》をついたり、ごまかしたりすると、この場は収まっても、心証はすこぶる悪くなる。

「……そうですね。お話しします。つい先ほど、私の部下で軍団長の地位にある者が支配の楔《くさび》から解き放たれました」

「ほう……ネヒョルと呼んだ者か」

そういえば、最初に将軍が叫んだっけか。俺も叫んだし、これは仕方がない。

「はい。その通りです」

「我のことが伝わって、恐ろしくなって逃げたか？」

「いえ、その者はメルヴィス様の城にいますので、知る術はなかったはずです」

俺もそう考えている。昨日の今日だ。知るわけがない。

「先ほどのおぬしらの会話からすると、軍団長の地位を誰かに移さずに抜けたようじゃな」

「はい。ゆえにその者の部下たちは、誰の支配も受けていない状況におかれています」

もしネヒョルが誰かに軍団長を移譲してから抜ければ、こんな騒ぎにはならなかった。これはネヒョルの宣戦布告と同じだ。わざと混乱する形で抜けて、存在感をアピールしてやがるんだ。二度と戻らないと、俺たちに知らしめたかったのか。

「強引に支配から抜けたか。そんなことをすれば、追われるのは分かっておろう……では、逃げる手はずもできていそうじゃな。今頃は国境を抜けるため、移動しておるかな？」

「なるほど、私を町に向かわせた理由はそれですか」

俺も将軍と同じことを思った。振り返れば、思い当たることが多すぎる。褒美に深海竜の太刀を望むよう言い出したのはネヒョルだ。やたらと推すなと思っていたが、将軍の私物をもらい受けるには、この町へ来なければならない。一方ネヒョルは城だ。支配から脱したことを知っているのは将軍を除けば、ネヒョルの部下たちばかり。ゴブゴブ兄弟にビーヤン、ロボスに俺だ。城にいる連中は気づかないだろう。将軍が追いかけようにも、町と城では距離が離れすぎている。

「あの戦争のときから、今日のことを考えていたわけですね」

俺は、将軍を城から遠ざけるダシに使われたわけか。なかなかどうして策士だ。

今度会ったら殺す。

「おぬしらの国は一枚岩ではないようじゃな。そのネヒョルという者が何を考えておるのか分からぬが……ん？」

「どうしました？」

メラルダの様子が変だ。何か思い出そうとしている。

「ネヒョル……そういえばかなり昔じゃが、どこかで聞いた名だと思ってな」

魔王国の将軍が、こんな弱小国のいち軍団長の名を知っているって？　何の冗談だ。

「ネヒョルは三百年前に我が国にやってきたヴァンパイア族ですが、以前はそちらに？」

「いや、そうではない。三百年前……そうか。思い出したわ、あれか！」

メラルダは端正な顔をゆがめた。どうやら思い出したくない過去らしい。

「この国に来る前のことは本人が語りませんでした。ご存じなのですか？」

「ふむ……確証を得ているわけではないが、少し語らせてもらおう。我が国にも関係することであるしな」

そう言ってメラルダは、懐から地図を取り出し、テーブルの上に広げた。

「我らは、魔王リーガードと長い間、戦争状態にある。そのリーガードの国の東に、小魔王レグラスの国がある。六塩柱《ろくえんちゅう》がある国と言えば分かるだろうか」

六塩柱……天界からの侵攻があった場所のことだな。ものすごい激戦で、数多くの魔界の住人が死んだ場所ともいえる。

「そこはかつて、小魔王ソラが治めていたが、下剋上《げこくじょう》で代替わりし、いまは小魔王レグラスがその座についておる」

俺は地図を見た。小魔王レグラスの国は、この国から南東の方角にある。大魔王ビハシニの国の真南で、魔王リーガードの国の東という大国に囲まれる危険地帯にある。

「小魔王の代替わりに、一役買った者がおった。普通ならばその功績で将軍になるはずだが、その者は自身の部下を連れて国を脱し、各地を荒らし回った。一番被害を受けたのが、魔王リーガードの国じゃな」

将軍の地位を蹴って国を出奔して、隣の魔王国に喧嘩《けんか》を売ったのか。すごい度胸だな。

「そんなことをしたら、小魔王レグラスの国と戦争になるのでは？」

ファルネーゼ将軍の意見はもっともだ。自国を荒らし回られたら、泣き寝入りなんてしない。絶対に報復する。それが魔界の住人だ。

「その荒らし回っている連中は、レグラスの支配を受けていないのじゃよ」

なるほど、レグラスの国を出奔したのだから当たり前か。このようにどこの国にも属さない連中はいる。たいていはどこの国からも、爪弾《つまはじ》きされる。

「それがとうとう我が国にもやってきて、町や村がいくつか壊滅した。襲ってきたのは、滅殺《めっさつ》狩人《かりゅうど》、黒色騎士、デュラハンなどじゃった。それぞれがみな強力な者たちで、我が国も手を焼いた。何体かは斃《たお》したし、捕らえた者もおる。そこで彼らを統率している者の名を知った」

「もしかして……」

「ネヒョルと呼んでおった。ヴァンパイア族の小さき者だという。そのネヒョルに率いられた軍団の名は『ワイルドハント』。どうじゃ、聞き覚えがあるか？」

問われても、俺は知らない。ファルネーゼ将軍はというと……。

「闇より出《い》で、闇に消える亡霊集団ワイルドハント……」

「知っておるようじゃな。それがある時期を境に、ピタッと噂《うわさ》と被害が消えおった。討伐されたと思っておったが……」

「その噂が消えたのはいつ頃でしょうか」

「三百年ほど前じゃな」

ネヒョルがこの国に来た時期と一致する。ということは、昔魔王国を相手にブイブイ言わせていたのが、俺たちの軍団長だったわけ？　善良な小市民である俺は、そんな極悪ヤンキーの下にいたのか。

しかしそれだけでは、ネヒョルがこの国を出奔した理由が分からない。またワイルドハントをやりたくなったとか？　だが、それなら筋を通して、支配を離れることだってできたはずだ。こうやって用意周到に策を巡らせて逃げる必要はない。やはりネヒョルの考えは謎だ。

俺はネヒョルを信用しちゃいけない奴だと思っていた。ネヒョルが逃げたと聞いても、怒りはするものの、「やはりな」と納得している自分がいる。会ったら殺すけど。

「事情は分かった。よし、国境付近に我が軍を派遣して、小魔王国群を牽制《けんせい》するのじゃったな。その提案を受けよう」

メラルダの言葉に俺は口を開けたまま固まってしまった。もしかしていまのが原因で、意見を変えたとか？

俺たちは北の小魔王レニノスと戦争状態だが、戦力をすべて投入できないでいる。というのも、南には四つの小魔王国群があり、それに備えなければならないからだ。魔王国軍が国境付近に軍を派遣してくれれば、四つの小魔王国群はそっちを警戒する。つまり俺たちの国に攻め込むどころじゃなくなる。南の脅威が消えれば、俺たちは北のレニノスとの戦いに集中できる。

「よろしいのでしょうか？」

「ネヒョルがワイルドハントの頭目であった場合、我が国にも何らかの厄災がふりかかるやもしれん。この三百年、奴が何を考え、何を待っていたのか知らぬが、おぬしたちとの縁がここで切れるのは、よくなさそうじゃ。これは貸しにしておく」

「「ありがとうございます」」

俺と将軍は揃《そろ》って頭を下げた。借りをつくることになったが、それは問題ない。もともとこちらは強く出られない立場だ。いつか借りを返すときが来るかもしれないが、それは魔王の力を背景に命令されるのと、なんら変わりない。それより今回をしのぐ方が大切だ。

「では詳細を詰めよう……と言いたいところじゃが、おぬしらは大事なことがあるのじゃろう？」

そう、ネヒョルが消えたことで、いまの俺は宙ぶらりん状態だ。

「我はまだおるゆえ、そちらを先に済ませるがよい」

「はっ、ありがとうございます」

「また明日、同じ時間に話し合おう。それでどうじゃ？」

「構いません。半日もあれば目処《めど》は立つでしょう……いえ、立たせてみせます」

「うむ。良《よ》い心がけじゃ。期待しておる」

メラルダは満足そうに頷《うなず》くと、パッと消えていった。今度は目を凝らして見ていたが、特殊技能の発動を察知することはできなかった。万一メラルダと戦うことになったら、そのときあれを使われたら、俺はなす術もなく斃されてしまう。

「メラルダ、恐ろしい子……ぐぇっ！」

「ゴーラン、すぐに戻るぞ！」

俺は首根っこを摑《つか》まれたまま、空に舞い上がった。

「ぐえええっ……」

く、くるちい。


メラルダから一日の猶予をもらった。明日までに、密約の中身を詰める必要がある。

状況を整理しよう。俺たちの国だけで、小魔王レニノスとファーラの野望を阻止する。野望とは、周辺の小魔王国を併吞《へいどん》して、魔王へと成り上がること。メラルダは、南にある四つの小魔王国群を牽制するために、国境付近へ軍を派遣する。こんな感じだ。

こちらの言い分はほとんど通った。大成功と言ってよい。メラルダの態度を見る限り、騙《だま》してやろうという雰囲気もなかった。こちらが約束を守れば、向こうも守ってくれるだろう。メラルダの願いは、俺たちの方針とも一致している。これなら他の将軍も説得しやすいし、魔王国から援助も引き出せた。本来ならば万々歳のはずだ。でもいまは、気が重い。憂鬱だ。

「ネヒョルのこと、どうするんです？」

ネヒョルが離反したのは隠しておけないので、公表するしかない。国の面子《メンツ》もある。追っ手を差し向けるべきだろう。だが、ネヒョルが存外大物であることが分かってしまった。生半可な追っ手では、全滅させられる。そうしたら恥の上塗りだ。

「頭が痛い問題だが、後回しにはできないな」

俺としては将軍が落とし前をつけに行って、プチッとやってほしいところだが、単独での追跡は危険かもしれない。かといって軍を引き連れた場合、ネヒョルが国境を越えていたら、その国と戦争になってしまう。

「お呼びと聞いて、伺いました」

フェリシアがやってきた。フェリシアはファルネーゼ将軍の戦略立案担当で、軍師の立場にいる。何族か分からないなど、ちょっと謎が多かったりする。

「フェリシア、緊急事態だ。軍団長のネヒョルが裏切った」

「……まあ」

さすがにそれは驚くか。

「奴の下についていた者たちの支配が切れてしまっている」

「たしかにゴーランはいま、どこにも属していませんね」

そう、俺はいまフリーだ。そして困ることに、誰の支配も受けていない場合、魔界では結構目立ってしまう。

「すまんが、フェリシアにネヒョルの代わりをやってもらいたい」

「わたくしが軍団長……大丈夫でしょうか？」

「力量的にも問題ないだろう」

「いえ、わたくしが申し上げているのは……」

「表に出していいかという話か？　緊急事態だし、今後のことを考えればその方が良いと思う」

「……ん？」

俺の知らないトークがはじまった。どういうことだ？　フェリシアとファルネーゼ将軍の間には秘密の共有があるようだ。

「そういうことでしたら、お引き受けいたします。ゴーランはどうします？」

「ゴーランはこっちで引き受ける。フェリシアは他の部下を頼む。ゴーラン、準備をしてくれ」

えっ？　ファルネーゼ将軍が直接引き受けるって……まさか。

俺は自身のオーブに働きかけ、その先をファルネーゼ将軍に向けた。身体《からだ》から出ていった光の筋は、ゆっくりと将軍にまとわりつき、体内に入って消えた。これで俺とファルネーゼ将軍は、支配のオーブを通して繋がった。これって、俺が将軍の直属になったとか？

「よし、成功だな。フェリシアは早速城へ行ってくれ。部隊長は四人いる。それぞれの場所は城に行けば分かる。できれば、向こうでも情報を集めてほしい」

「かしこまりました」

優雅な礼を披露して、フェリシア新軍団長は去っていった。

「というわけで、ゴーランは私の指示で動いてもらうことにした。いいな」

「いいというか、何がなんだか……なんですけど」

唐突すぎて、意味が分からねぇよ。

「ネヒョルの追っ手を誰にするかだが、戦闘で確実に勝てる者というと限られるな」

「その前に、ちょっといいですか？」

「ネヒョルはこちらから遠ざかる方角に逃げただろうし……その前に、どのくらい部下を引き連れているかだな。事前に準備していたならば、迎えを寄越している可能性もある。下手をしたら国内でワイルドハントが発生してしまうかもしれない」

「将軍！　ちょっと、よろしいでしょうか！」

「どうしたんだ、大声をあげて」

「できればその……いろいろ説明してほしいのですけど」

「なにをだ？」

「フェリシア新軍団長のことです。表に出さないって、穏やかな話じゃないですよね」

「ふむ……ゴーランはなぜ死神族を受け入れた？」

「なぜと言われても、俺を頼ってきたからです」

「たったそれだけで、あの面倒な一族を引き受けたのか？」

「もちろんです。懐に入ってきたひな鳥は、守るものですよ」

命を賭してでも仲間を守る。母さんと交わした約束を俺はこの世界でも破るつもりはない。

「…………」

将軍は長い時間、黙って考えていた。そしておもむろに「私の直属になったことだし」と呟《つぶや》いた。折り合いを付けて、自分を納得させたようだ。

「フェリシアのことを知りたいんだったな。彼女はガルーダ族の派生だ。親が起源《オリジン》種と言えば分かるだろう？」

「親がユニークな個体として生まれたのですね。フェリシアは新しい一族の誕生ってわけですか」

ガルーダ族の派生とはそういうことだ。

ただ一体だけだったのが、繁殖して種族として定着した。

「このままフェリシアの子孫に同じ形質が受け継がれる可能性が高い」

「それ、言っちゃっていいんですか？」

聞いた俺が言うのもあれだが、これは魔界に上位種族がひとつ出現したと言っているのだ。

「ここだけの話にしておけ。フェリシアはガルーダ族との間に子を生《な》すことができる。敵対種族のナーガ族がこれを知ったら黙っていない」

ガルーダ族とナーガ族は、種族的に仲が悪い。魔界では個人の好悪とは別に、その種族独特の好悪が存在している。同種族を嫌悪する場合もあれば、今回のように蛇と鳥という捕食関係が原因となる場合もある。

「ナーガ族ですか。凶暴で攻撃性が強い種族ですね」

猪突《ちょとつ》猛進タイプ。オーガ族並みに脳筋というのが一般的なナーガ族の評価だ。

「ガルーダ族に新しい一族が派生するのを嫌ったのだろう。ガルーダ族の里をナーガ族が襲った。なにしろガルーダ族はナーガ族に比べて、圧倒的に数が少ない。そこでフェリシアは策を用いて一気に殲滅《せんめつ》した」

「ほう……」

さすが将軍の戦略立案担当。いくら策を用いたといっても、寡兵《かへい》で勝利するのは大変だっただろうに。

「それで余計恨みを買って、国を脱出。放浪の果てに、私が部下にしたのさ」

他に種族がいないタイプだったので、どうしてなのかと思ったが、そういう理由だったのか。

「もしかして、いまでも狙われています？」

「狙われている。名が売れれば噂が届く。それを避けるために、これまで表には出さなかった。メラルダとの会談も本来ならばフェリシアに任せたいが、敵対種族に見つかることを考えると、踏ん切りが付かなかった」

俺が会談に連れていかれた理由がいま分かった。この前言われた「失っても痛くない人材」というのも正しいだろう。それと同じくらい大切な理由で、フェリシアを出したくなかったのだ。

「俺がフェリシア軍団長の下につかなかったのは？」

「あれでフェリシアはかなりの魔素量《まそ》持ちだ。ゴーランは死神族を配下にしているだろ？　万一フェリシアが小魔王になったら、支配の石版に名前が載って、ナーガ族に目を付けられる。それはよくないと思って、ゴーランには外れてもらったのさ」

ネヒョルの部下が弱小種族ばかりで助かったと将軍は笑った。つまり、フェリシアはわざと小魔王にならないようにしていたことになる。頭脳派といいつつ、素の魔素量はファルネーゼ将軍を凌《しの》ぐってこと？　なかなかに怖い人が隠されていたな。

「他言してもらいたくないが、いま言ったことは覚えてもらえると助かる。なにかの折りに、名前が外に出ないよう、ゴーランにも頼むことがあるかもしれない」

「俺はしがないオーガ族ですからね。必要とあらば、好きに使ってください」

いまの話を聞いて、ファルネーゼ将軍も仲間を大事にするのだと分かった。

「助かる」

将軍は笑った。

「ネヒョルの部下が弱くて、結果的によかったですね」

ゴブゴブ兄弟とかビーヤンとか、およそ戦闘に似つかわしくない者たちばかりが集まっていた。フェリシア軍団長が小魔王になりたくないならば、うってつけの人選だ。ネヒョルもよくそんなのばかり集めた……集めた？

「集めたのか⁉」

「どうした、ゴーラン？」

ふと考えてしまった。ネヒョルはなぜ、戦闘職でない者ばかりを集めて部下にした？　それはまるで小魔王になりたくないからとか……ならないようにとか……そういうことなのか。

「ネヒョルは小魔王にならないように、わざと魔素量が上がるのを防いでいたんじゃ？」

本来ならば、支配の石版に名前が載ってもおかしくないほど、強かったとしたら？

「そんなことは……いや、ありえるのか？　だが、どうして？」

そう、どうして？　問題はそこだ。ネヒョルはなぜ支配の石版に名前が載るのを嫌がった？　考えてみれば、ゴブリン族で二部隊を作るなんておかしいのだ。荷物運びくらいしか使い道のない飛《ひ》鷲族《しゅうぞく》にも一部隊を与えている。まるで遊んでいるかのような部隊構成。

「支配の石版に名前が載ると、三百年前のことを思い出す人がいるからか？」

ふたつの魔王国を荒らし回ったというワイルドハント。他にも被害にあった小魔王国もあるだろう。ネヒョルの名前が石版に載れば、「どこにいる？」と探すに違いない。見つけたら抗議するだろう。探しているのがもし、大魔王国や魔王国だったら？　積年の恨みと、攻め込んでくるかもしれない。

「だから避けていたのか！」

将軍も俺と同じ結論に思い至ったようだ。

「将軍、これはもしかすると、もっと根の深い問題かもしれません」

ネヒョルがそこまでして名を隠していたとすれば？　それならなぜ、いまになって動き出した？

これは俺たちが知らなきゃいけない問題じゃなかろうか。

「……ったく、魔王トラルザードとの密約がこれからだってのにっ！」

将軍の言いたいことも分かる。小魔王レニノスの国からの侵攻、魔王トラルザードの国からの使者、ネヒョルの離反と裏の顔……いろんなことが一度に起こりすぎた。

「時間がない。すぐに会議を開くぞ！」

ファルネーゼ将軍は昨日のメンバーを召集し、会議を始めた。議題はふたつ。メラルダとネヒョルの件。俺は傍観者を決め込む予定だったが、ついウッカリ……ちょっとだけやりすぎた。気づいたときにはもう遅く、ここまで来たら『皿まで喰《く》らう』つもりで持論をぶちまけてしまった。

「小魔王レニノスを斃すには、短期決戦しかない！」と声を高らかに主張してしまったのだ。後悔してもあとの祭りだ。会議の出席者が、やれ補給がだとか、兵力がと騒ぐので全員まとめて論破した。うん、やりすぎた。マジでやりすぎた。

面目を潰されたのは、ヴァンパイア族をはじめとする、町に住む有力者たち。フェリシア新軍団長がすでに町を発《た》っていたので、押さえにまわる者もいなかった。町の有力者たちは、脳筋のオーガ族に言い負かされて、顔を真っ赤にしながら帰っていった。何しろ、反論した自分が不利になるくらい、ケチョンケチョンに論破してしまったのだから。月のない夜は気をつけよう。うん。

「ゴーラン、あれはさすがにやりすぎだ」

ファルネーゼ将軍からそう言われた。分かっている。分かっているのだが、どうやら俺に何かが降りていたらしい。笑いの神ではない。念のため。

素面《しらふ》で酔っ払ったか、白昼夢《はくちゅうむ》を視《み》たか。とにかくネヒョルをどうにかしてやろうと思うあまり、自重をどこかに置き忘れてしまった。

過ぎたことはいい。よくないけどいい。あとネヒョルが悪いから、殺す。

会議で決まった（というか俺が強引に決めた）ことを持ち寄って、翌日メラルダと三度目の会談をした。あに図らんや、メラルダの前でもぶちまけて、無事密約を結ぶことができた。

提案したのは俺だが、本当にいいのか？　いいんだよな。もう知らん。

「おぬし、本当にオーガ族か？」

帰りしな、メラルダにそんなことを言われた。

「俺がオーガ族であるのは、俺自身が知っているからそれでいいですよ」

他者の認識は必要ないというスタンスを貫いたら、「それはなんとも哲学的じゃな」と言って、メラルダは帰っていった。俺も村に帰ろうと思ったら、肝心の太刀をもらっていなかった。

「本当にゴーランは面白いな。いま帰ったら、なんのために来たのか分からないぞ」

たしかにそうだ。

「とにかく太刀をください。戴《いただ》いたら帰ります」

早く村に帰って、軍団長のことを伝えたい。リグなんか卒倒してないだろうか。卒倒していても俺のせいじゃないからな。文句はネヒョルに言ってもらう。いないけど。

そこでふと思った。俺は部隊長の職から外れて、将軍の直属になった。これって出世なのか？　それとも降格？　そこんとこ、どうなんだろう。

「戦働《いくさばたら》きの報酬は深海竜の太刀だったね……いま取ってくるから待っていて」

さすがに宝物庫の中には入れてくれない。俺は大人しく外で待っていた。するとファルネーゼ将軍は、ひと抱えもある包みを持って現れた。

「これが深海竜の太刀だ。海の深部には強力な魔物が棲《す》んでいる。深海と名の付く場所には、信じられないくらい強力な魔物がうじゃうじゃいるらしい。それの骨で作ったのがこの太刀だ」

「ありがとうございます。大事にします」

「これでも貴重なものだからね」

さくっと受け取ったら、なんとなく釘《くぎ》を刺された。大事に使えということだろう。

「でもそんな深海にいる竜をどうやって倒したんでしょう？」

この世界に潜水艦なんかない。まさか素潜りでということもあるまい。

「そりゃもちろん襲ってきたからだろう。深海竜は普段、光の届かない海の底にいるが、海上を船が通ると、急浮上して襲うんだよ」

ちょっと待て！　深海竜は深海魚の一種かと思ったら違うのか。深海と海上を行き来できるって……潜水艦級の機能が備わってないと無理だぞ。外皮なんか相当厚いだろう。よくそんな存在を倒せたな。さすが魔界。やっぱり強そうな奴には喧嘩を売らないでおこう。俺は理知的なオーガ族でよかったよ。

もらった太刀だが、包みをほどいてみると、たしかに太刀だった。俺が持っていた……そしてファルネーゼ将軍と戦ったときに折れた刀に比べると、刀身が長くて太い。だがこれは、紛れもなく太刀だ。

「刀身が白い……んですね。骨で作ったからかな。だが、それがいい」

「気に入ったかい？」

「ええ……すごく」

磁土《じど》に牛の骨灰《こっかい》を混ぜてつくるボーンチャイナというのがあるが、あんな感じに白光りしている。かなり気に入った。鞘《さや》はないけど。性能は……また今度試せばいいだろう。

ちなみに魔界には、鋼鉄よりも強靱《きょうじん》な素材がいくつもある。こういった強者の骨もそうだ。硬くて粘りがあったりする。これくらい貴重なものになると、鉄すら両断する。

「いいものをありがとうございます」

「褒美だからね」

そういえばネヒョルへの褒美が、地下書庫の閲覧だったな。何がやりたかったんだか知らないが、今度会ったら、この太刀で縦に裂く。

「じゃ、帰ります」

「ゴーランは、本当にブレないね」

ブレないもなにも、俺は早く村に帰りたいのだ。

「ネヒョルの件は調べておく。なにかあったら話を聞くかもしれないから、そのときはよろしく」

「分かりました。ネヒョルを見つけたら知らせてください。ひと太刀でも浴びせたいので」

「分かった。必ず知らせよう」

こうして俺は、エルスタビアの町をあとにした。

五日かけて歩き、ようやく村に着いた。

オーガ族の村は、支配が切れた途端、案の定大騒ぎしたらしい。原因を知っている俺はいいとして、村の連中は何が起きたか分からないのだから当たり前だ。

この国の支配から外された直後、副官のリグは、ネヒョルの町まで情報を仕入れに向かっていた。さすが副官だ、動きが速い。ただその不在の間に、サイファが余計なことを吹聴しまくったせいで、リグが持ち帰ってきた話とサイファの戯《ざ》れ言《ごと》で、話が変な方にねじ曲がっていた。

俺とネヒョルが組んで、謀反《むほん》を起こしたことになっていた。その辺をしっかり訂正した上で、コボルド族をオーガ族の各村へ派遣した。これで俺の疑いは晴れるだろう……たぶん。

説明で一番困ったのが、俺たちの部隊についてだ。新しい軍団長にフェリシアが就いたことを伝えた。フェリシアはもともとファルネーゼ将軍の子飼いだったと説明すると、みなは納得した。ついでに、俺たちはそこに属さないと告げたら、サイファが「やはりゴーランは反乱を？」とか言い出したのでボコった。

説明するのも面倒なので、俺たちは直接将軍の下に就くのだと、結果だけ話した。リグやペイニーはかなり驚いていた。将軍直属の軍というのは、優秀であることが求められるようだ。ただ今回は、フェリシアの名が出ないようにするためなので違う。それは言えないが。

「今後は遊軍という形で参加することになるだろう」

将軍からそう言われている。いまさら軍の中に組み込めないので、何かあったときに使うからそのつもりで、ということだ。

「それは素晴らしいことです」

ペイニーは感動している。死神族は感情の起伏が乏しいと思っていたので、意外だ。

「遊軍の長でしたら、軍団長に引けを取らないかと思います」

「えっ、そうなの？」

そんなこと将軍は言ってなかったけど。

「将軍の本隊が動くときは、最後の決戦の場合がほとんどです。そのときに重要な役割を担うのが、直属部隊になります。つまり、敵の大将を撃破するためだけの軍隊です。そのひとつを任されて、なおかつ長をするのですから、これまで以上の働きが求められるでしょう」

「いや、そんな大げさに考えられても……」

真面目なペイニーには悪いが、そんな働きを嘱望されているわけではない。

「村になにかあったら、将軍のとこに行けばいいのか？」

「うーん、どうなるんだろう？」

これまで村内で解決できない問題は、軍団長に直接陳情できた。死神族の件などがそうだ。今後、俺では判断のつかない問題や、手に負えない問題はどうすればいい？　リグを将軍のところに送ればいいのか？　村の問題を将軍へ投げるってのは、ちょっと想像しづらい。

「おそらくだが、軍団長が対応するか、将軍の部下が気を利かせてくれるんじゃないかな」

よく分からないけど。そのときになったら、実際に分かるだろう。まあ、放っておかれることはない……と思いたい。

そんなこんなですべての説明が終わり、村も日常を取り戻した。これでゆっくりできると思ったのも束《つか》の間《ま》。村の問題児サイファがやってきた。

「なあ、ゴーラン。あれはどうなった？　どこにも属していない種族が居座っている件だ」

「あー、忘れていた！」

うん、素で忘れていた。そういえば、サイファからそんな話をもちかけられていた。あのとき、俺が城に呼ばれたので後回しにしたのだ。すぐに戻れるかと思ったら、将軍の町まで褒美を取りに行かなきゃいけなくなったし、向こうで魔王国の将軍と会談したりで、すっかり忘れていた。

「分かった。明日、調査しに行ってくるよ」

面倒だが、仕方がない。これも部隊長の務め……いや、俺もう部隊長じゃないじゃん。今度から、俺はなんて呼ばれるんだろうか。ただのゴーランさん？

サイファが以前持ってきた話はこうだ。ここから少し離れたところにあるオーガ族の村で、猟師が偶然、正体不明の種族を発見した。川の上流に池があり、その水草の陰に隠れていたらしい。猟師が発見した連中は複数いて、明らかに小魔王メルヴィスの支配下に入っていなかったという。猟師は賢明にも近づかなかった。いいことだと思う。相手は猟師に見られていると感じたのか、水草の中を移動して姿を消した。

「その謎の種族を俺に調べてもらいたいわけか。だとすると、やっかいだよな」

相手は攻撃的な種族とは限らないが、死神族のように他国で迫害されて、逃げ出してきた可能性がある。放っておくと危なそうなので、早速俺は、足を運ぶことにした。

「……洞窟？」

その猟師から話を聞いたので、水草の生えている場所はすぐに分かった。池のほとりは湿地帯になっていた。その周辺を探索していたら、洞窟を見つけてしまった。

洞窟の中は暗く、そして狭い。死角が多いので、慎重に進まなければならない。中にいるのが警戒心の強い種族の場合、恐怖のあまり、襲いかかってくるかもしれない。

「村は襲われてないし、攻撃性のある連中じゃないとは思うが……」

隠れ住んでいる連中がこの洞窟を見逃すはずがない。いるとしたら、この洞窟の中だ。考えても埒《らち》があかないので、進むしかない。ランプを準備しておいたので、それに火を灯《とも》して、洞窟の奥へ踏みいった。

「誰かいるか？」

こっそり近づいて攻撃されてはたまらない。ときどき声を出して反応を見る。俺の影が洞窟の壁に揺れている。しばらくじっとして耳を澄ませてみる。

「誰かいるか？」

しーんとした洞窟に、俺の声がこだまするが、返事はない。洞窟は一本道ではないし、上ったり、下りたりを何度も繰り返す。それでもかなり下っているなと感じる頃になって、水音が聞こえてきた。

——チャポン

「水たまりでもあるのか？　水滴にしては音が大きいか」

その場で耳を澄ませていると、さらにチャポーンとやや大きめな音が聞こえた。

「そこに誰かいるのか？」

俺は声を張り上げた。すると……。

——バシャ、ジャバン、ザザーン

次々に水音が聞こえてきた。

「飛び込んだ音？　地底湖か？」

ランプを掲げて慎重に進むと、足首まで水が来ているのが分かった。そのまま無視して進む。

「やはり地底湖か。……それと」

湖の中から顔の半分だけ出している者たちがいる。その数はなんと四、五十体ほど。ランプの明かりが届かない範囲にもいるかもしれない。光を反射して、瞳だけが光っている。

「ちょっと不気味だな」

夜行性の動物は、目の中で光が乱反射して夜間だと光って見える。

「俺はこの周辺を預かるゴーランという者だ。戦いに来たんじゃない」

反応はない。

「もう一度言う。戦いに来たわけじゃない。誰か代表者と話がしたい」

相手は湖から顔の上だけ出している状態なので、表情は読めない。それでも視線を互いに合わせ、なにやら相談している雰囲気が感じられた。

「ここには俺一人で来ている。他に誰もいない。話がしたいだけなんだ」

ようやく一体が進み出てきた。水中を立ち泳ぎしている。水棲《すいせい》の一族なのかと思っていると、上半身が露《あら》わになった。そして全身が現れて俺の前に……いや、俺を見下ろした。

「……ラミア族だったのか」

人頭蛇尾の一族。上半身は人型だが、下半身は鱗《うろこ》をもった蛇。しかも下半身は大蛇なみに太くて長い。

「少し話がしたい。いいか」

ラミア族は黙って頷いた。近づかれると、ちょっとこえーよ。


「俺はオーガ族のゴーラン。この周辺を治めている者だ」

いいんだよな、治めていると言っちゃって。なんとなく俺の身分が宙ぶらりんになっていて、妙に座り心地が悪い。

「わたしは、ラミア族のダルミア」

「そ、そうか」

なんか威圧感がある。ダルミアは妙齢の女性で、身体にピッタリとした服を纏《まと》っている。水着のようなものか。

「下の村の者から、この国に属していない者がいると報告があって、調査にきた」

するとダルミアの瞳がスッと剣呑《けんのん》な光を帯びた。蛇と同じように、ダルミアもまた縦長の瞳孔をしている。これで睨《にら》まれると怖い。

「だからといって、どうこうしたいわけではない。まず話を聞きたい。君らはどこから来て、なぜここにいる？」

「…………」

黙《だん》りか。雰囲気から予想していたが、話し合いになりそうもない。

「分かった。それはいい。言いたくないのなら、無理に聞き出そうとは思わない」

「……いいのか？」

「言いたくないならな」

来たくて来たわけじゃなかろう。どうしようもない理由があったはずだ。

「助かる」

「ただし、それ以外でいくつか質問には答えてもらう。たとえば、食事とかだ。普段、何を食べている？　それをどうやって確保している？」

水草が生い茂った場所に彼らはいた。蛇型の種族はあまり町中に住むことはないので、一般的な生態について知っている者が少ない。

「池の虫や魚、それに水草などだ。水を飲みにくる動物も食べている」

「ふむ……」

予想通りの答えだった。だが、そうすると腑《ふ》に落ちないことがある。

「この洞窟を出たところに池があった。食料はそこで確保しているのか？」

ダルミアが頷いた。

「俺がここまで来た道には、ラミア族が出入りした跡がなかった。どうしてだ？」

「……池の底とここが繋がっている」

「あー、なるほど、そういうことか」

この地底湖は、外の池と繋がっているわけか。

「それともうひとつ質問だ。君たちはオーガ族を……いや、他の種族を襲うか？」

ダルミアは首を横に振った。

「後ろの者たちも全員そうか？」

「襲わない。ここで暮らしたいだけ」

「……よし。ならばそれでいい。村には俺から言っておく。互いに迷惑をかけなければ、別にここで暮らしても構わない」

「……いいのか？」

「少なくともここは俺の縄張りだ。代替わりしない限り、有効だ」

本当は追い出した方がいいのだが、洞窟の中に住んで、ときどき池へ狩りに行くくらいならば問題ない。もともとこの周辺には住民もいないし。

「ありがとう」

「どういたしまして。ただし暴れたり、他種族を襲うのならば、出ていってもらう。抵抗すれば討伐対象だ」

「分かった」

俺は帰ろうとして気づいた。水面から顔を出しているのが倍に増えていた。結構いるんじゃないか、これ。及び腰になるのを奮い立たせて、俺は洞窟をあとにした。

ちなみにラミア族は純粋な戦闘種族ではないが、魔素量はオーガ族より多い。一対一で戦ったら、おそらくオーガ族が負ける。ラミア族は、そのくらい脅威なのだ。何事もなくてよかった。俺は近くの村へ向かい、事情を説明した。川を止められたわけでもないので、見知らぬ種族がそこに住み着こうが、あまり問題ないようだった。

「なるべく用事がない限り、近寄らない方がいいな」

ラミア族はメルヴィスの配下になっていないため、俺たちと仲間意識は芽生えないだろう。出会えば戦いになる可能性もある。その辺だけ言い聞かせて、俺は自分の村に戻ることにした。

「しかし、ラミア族ね。一応ファルネーゼ将軍にも伝えておくか」

自国にどこにも属していない種族が住み着くのは嫌がるだろうが、こっそり住んでいるだけなら追い出す必要はないと俺は思っている。追い出すように言われたら説得するつもりだが、ファルネーゼ将軍は、そう言わない気がする。

村に戻ったところで、俺に客が来ていた。

「なんだよ。ちっともゆっくりできないぞ」

誰だろうと確認を取ると、ヴァンパイア族だという。まさかネヒョル本人か、その部下か？　飾っておいた深海竜の太刀を引き寄せて、俺は会いに行った。

「初めまして、アタラスシア副官の補佐をしております、ミョーネと申します」

そこにいたのはヴァンパイア族の少女で、かなりの魔素量を内包していた。

「オーガ族のゴーランです。本日は何用でしょうか」

アタラスシアの名前には覚えがあった。ネヒョルを監視するため、兵とともに城に残してきた将軍の副官だ。

「ゴーラン遊撃隊長へ、伝言を持ってきました。反逆者ネヒョルの目的が分かりました」

「反逆者……ですか」

「はい、反逆者です」

ミョーネは重々しく頷いた。どうでもいいけど、俺の呼び名、遊撃隊長に決まったの？

城の地下書庫には、メルヴィスの書が大量に保管されていて、通常は閉鎖されている。何年かに一度、陰干しや空気の入れ換えなどが行われる。紛失がないよう、中の書はリスト化されていた。

「書庫の中から、小魔王メルヴィス様の日記帳が消えていました」

「日記帳ですか」

なんだろう。小魔王と日記……あまりピンとこない。俺にとってメルヴィスというのは、厳《いか》めしい老ヴァンパイアだ。それがチマチマと日記を付けているのが想像できない。食べた物の記録でもしているのだろうか。もしくはお出かけしたときの様子とか……うん、想像できない。

「書庫から日記帳が、一冊だけなくなっていました。これは間違いありません」

日記帳一冊を盗むために、これだけのことをやらかしたのか？

「そういえば、一緒に書庫に入った人がいましたよね。名前はたしか……イーギス」

「はい。イーギス殿には連日、ネヒョルが何の本を手に取ったのか、報告させていました。それによると、片っ端から日記を閲覧していたようです」

「ということは、最初から日記狙いか。そこにネヒョルが求めるものがあったのですね？」

「たしかなことは分かりません。そのイーギス殿ですが、書庫内でネヒョルに殺されていました。腕の立つ者でしたが、誰もが気づかないうちに殺されたようです」

「…………」

ネヒョルは連日、メルヴィスの日記を読みあさり、目当てのものを見つけたのだろう。監視役のヴァンパイア族を殺してでも持ち去りたかったと……うーん、分からん。

「日記の前後から、おそらくですけど、ネヒョルが求めていたものが分かりました」

「えっ、分かったのですか？　それは何です？」

「失われた日記帳の前と後では、メルヴィス様にある変化が起こっています」

「変化……それは？」

「メルヴィス様がエルダーヴァンパイア族になったか、なっていないかの違いです」

「!?」

上位種族へ進化するには、それぞれ種族固有の条件を満たす必要がある。樹妖精《じゅようせい》族ならば、長い間生きていればよいし、デュラハン族ならば、どこかにあるという自分の頭を見つければいい。オーガ族の場合、喰って寝て、敵を倒していればそのうち到達できる。種族として下位の者ほど上位種に進化するのは容易だったりする。逆に上位種族の場合は、特殊なアイテムが必要だったり、特定の経験を積まなければならなかったりと、なかなか難しい。

「たしかエルダーヴァンパイア族って……」

「現存しているエルダーヴァンパイア族は、メルヴィス様以外におりません」

「つまりネヒョルは、上位種に進化する方法を探していた？」

「そう考えるのが妥当かと思います」

「…………」

ネヒョルはあの飄々《ひょうひょう》とした言動の裏で、そんなことをずっと考えていたのか。そして俺を使ってファルネーゼ将軍を城から遠ざけ、監視役のイーギスを殺し、エルダー種に進化するための情報を探っていた。

「城を抜け出したネヒョルは、黒衣の部下たちと合流し、東へ逃走しました。捜索したところ、大魔王国へ入ったことが確認されています」

国外に逃げられたか。東の大魔王国って、位置的にダールムの国かな。

「これにより、ネヒョルを名指しで手配することにしました。ただ、これは効果がないだろうとファルネーゼ様は言っております」

犯罪者に逃げられた間抜けな国と言われるだけだろうな。けどメルヴィスは寝ているし、影響はないだろう。

報告は以上ですとミョーネは言った。

――ワイルドハント　ネヒョル

魔王リーガードの国の東に、小魔王レグラスの国がある。この国は、過去数百年のうちに三つの小魔王国を滅ぼしている。レグラスは野心的な小魔王として、名が広まっている。現在レグラスの国は、国内に四人の小魔王を抱えていることと、比較的大きな国土を持つことで、周辺諸国から警戒心を抱かれている。野心高くて攻撃的。こちらから手を出せば、噛《か》みついてくる。そんな風に思われている国だ。

とある日の夜。この国に、大魔王ビハシニの国から国境を越えてやってきた集団があった。その集団は一種異様であった。全員が黒衣に身を包み、少数ながらも規律のとれた一団であることが窺《うかが》えた。それだけならば、身分を隠したどこかの軍隊かと思うかもしれない。だが他と決定的に違うのは、それが周囲に死をまき散らす集団だからであろう。

「……ふう。やっと国境越えか。大変だったね」

こんなに移動したの久しぶりだよ、と言って笑ったのは、ネヒョル。それに付き従うのは、亡霊騎士や髑髏《どくろ》魔道士、それにデュラハンの群れだった。彼らはここに来るまでの間に、いくつかの村を襲っている。

ネヒョルを筆頭とした黒衣の集団は、レグラスの住む城へ向かった。そのままレグラスの城に入ると、なんと玉座まで進んだ。先頭はもちろんネヒョル。ネヒョルの行動を止める者は誰もいない。周囲の者たちは驚きに目を見開き、固まったまま、玉座に座るレグラスを見る。

「やあ、久しぶり」

それはあまりに軽い挨拶。小魔王に対してそれは如何《いかが》なものだろうか。ネヒョルはレグラスに近づく。控えていた側近は、あまりのことに剣に手を掛けた。一方レグラスは玉座から悠然と立ち上がると、ネヒョルの方へ歩を進め……直前で膝をついて、臣下の礼をとる。

「おかえりなさいませ、ネヒョル様」

「うん。レグラスもごくろうさま」

「もったいないお言葉です」

ネヒョルとレグラス。二人の間に何があったのか。それを知る者は、もはや多くない。すでに三百年経《た》っているのだ。高位種族はいまだ寿命が尽きていないが、それでも引退する者は多い。ネヒョルとレグラスの間には、余人が入れない「親しさ」があった。

「それではお返しいたします」

レグラスの胸から現れた光の帯は、ネヒョルの周囲を回ると身体の中に入った。それは支配のオーブによる繋がりの証《あか》し。

「このレグラス。ネヒョル様のお帰りを一日千秋の思いで待ち焦がれていました。念願は果たせたのですね」

「大丈夫みたいだね」

周囲の者が訝しむ。レグラスの言う念願とは、何なのか。

「そうだね。……でもさ、ずっと起きないんだもの。時間が掛かっちゃったよ」

「そのようですね。どのようにして、お聞きしたのでしょう？」

「最初は起きるのを待つつもりだったんだけどさ、何か記録がないか探したの。そしたら、昔の日記があるって聞いてね。もしかしてと思ったわけ」

「なるほど。それが当たりだったわけですね」

「そういうこと。ハズレだったら、知らんぷりして戻ったんだけどねー」

「ようございました。これで肩の荷が下ろせます」

「うん。いままでありがと。けど、必要なものが二つあるから、レグラスにも働いてもらうね」

「そうでしたか。では、悲願成就にはいま少し？」

「うん。魔界を混乱させたら、それが早まると思う。だから、これから忙しくなるよ」

「望むところです。もちろん私はネヒョル様についていきます」

「レグラスならばそう言うと思ったよ」

ネヒョルは笑いながら玉座に座った。恭しく頭を垂れているレグラスを一顧だにせず、ネヒョルはここまでの道中で読んだ日記の中身に思いを馳《は》せた。

小魔王メルヴィスの日記には、エルダーヴァンパイア族に至った経緯が書かれていた。だが、直接的な表現ではない。ネヒョルはそれこそ日記を何度も読み返し、前後の状況をじっくりと解析した上で、ひとつの仮説を立てた。

魔王クラスの魔石と天界の住人が持つ生命石《せいめいせき》。このふたつを同時に体内に取り込むことによって、ヴァンパイア族は一段高みへ進化できると読めるのである。

(片方だけ取り込むと身体を蝕《むしば》まれるのね。しかも魔石と生命石は、同じくらいの大きさじゃないと駄目って、結構条件が厳しいよね)

魔界の住人に止めを刺すと、魔石の中に含まれる力はそこから抜け出し、近くの者に吸い取られてしまう。魔界の住人が支配のオーブの器を広げられるのには、そういった理由がある。

それでは駄目なのだ。力なき魔石では意味がない。つまり、ネヒョルが魔石を手に入れるには、魔王が死ぬ直前に、魔石を体内から取り出さねばならない。魔王クラス相手にそれを行うのがどれだけ大変か。

「でもまあ、何とかなるかな。問題は天界だよね。大規模な侵攻が来てくれないと、生命石が手に入らないものね」

しかも魔王クラスの天界の住人が、都合よく魔界にやってくるものなのか。

「このままじゃ駄目だよね。魔界がもっと乱れなきゃ。戦乱が魔界全土に広がって、魔王がボコボコ湧いてくるようじゃないと、魔王を倒すなんて無理だよね」

ネヒョルはただ待っているつもりはなかった。魔界が混乱すればするほど、なりたての魔王が増えてくる。魔王に成り上がったばかりの者を討つのは容易《たやす》い。

同時に、天穴《てんけつ》がどこに開こうが、魔界が混乱していれば、国境を越えて駆けつけやすくなる。ネヒョルは、どうやって魔界を混乱の渦に叩《たた》き込《こ》むか、それだけを考えていた。

「どうやればいいか考えるのも楽しいなぁ」

血で血を洗う世界を想像して、ネヒョルの笑みは止まらない。

そしてこの日、支配の石版に、小魔王ネヒョルの名がひっそりと記された。

＊

村でダラダラと過ごしたい。昼間から酒を飲んで自堕落な生活をしたい。それでもって、面倒くさそうな仕事を誰かが全部やってくれれば最高だ。

「ゴーラン様、本日の陳情を持って参りました」

「も～どうにでもな～れ～」

「……はっ？」

リグが不思議そうな顔を向けてきた。現実逃避はそのくらいにしておこう。

「陳情ね。中身はなんだ？」

「村から町までの道中で、魔獣が増えているようです。なんとかしてほしいと」

見かけたら狩ればいいと思うが、戦闘種族以外だと厳しいか。

「いままでどうしていたんだ？」

「魔獣は山岳部から流れてきているようでして、以前までは前軍団長が直属の部下を派遣していたようです」

「ああ、あの黒衣の集団が狩っていたのか」

「おそらくそうかと」

「……分かった。数を揃えて、近日中に山狩りさせる」

「本日行わないので？」

「俺は橋の様子を見に行かねばならない。帰ってから人集めだな」

「なるほど。でしたら、明日以降と伝えておきます」

一礼してリグが去っていった。

こういう陳情処理はもともとネヒョルの管轄だったが、奴が出奔したことで、話の持って行き先がなくなってしまった。フェリシア新軍団長はいま軍の再編で大忙し。まあ、それは分かる。ネヒョルが子飼いの部下を連れていってしまったから、四人の部隊長はいるが、戦力としては心許《こころもと》ない。また、いまになって理解したが、ネヒョルはそれなりにうまく町を回していたようだ。ちゃんと陳情の窓口を作って、戦闘や狩猟に関わることは子飼いの者にやらせていた。この辺は田舎なので住民も少なく、魔獣の方がよっぽど多い。魔獣も倒せば、ほんの少しだが器は広がるので、積極的に倒していたのだろう。

「広がる器の大きさは誤差程度って聞いているんだけどな」

魔獣を倒してもほとんど強くなれないというのが通説だ。それでも十年、二十年ではなく、百年、二百年単位でやれば塵山《ちりやま》になるのだろうか。なるんだろうな。

「おう、ゴーラン。来てやったぜ。今日こそ覚悟しろよ！」

「そうだよ。今日のあたしたちはひと味違うんだからっ！」

「うるせえな。まとめて相手してやるから、表へ出やがれ！」

駄兄妹《きょうだい》が現れたので、ルーチンワークを始める。兄妹仲良くぶっ飛ばすだけだ。もう少しオツムのデキが良ければ、陳情処理を任せるのだが、いかんせんオーガ族はみんなこんな感じだ。状況に応じて臨機応変に動くなんてことはできない。よって、面倒でも俺が対応せざるを得ない。

「おい、駄兄妹。明日から山狩りだ。魔獣三昧だから覚悟しておけよ」

「きゅう〜」

ベッカが変な声を出したが……まあ、大丈夫だろう。さて、橋を見に行くか。

オーガ族の村と町を結ぶ街道には、途中に大きな橋がかかっている。かなり頑丈に作られているが、魔界の住人はときどき予想を上回ることをしでかす。といっても、何のことはない。巨人族が走ってきて、橋の上で転んだのだ。橋は揺れ、真ん中にヒビが入ったらしい。それと欄干《らんかん》が破損したとか。俺が様子を見て、指示を出さねばならない。あー、めんどい。

見に行くと、橋は中央に穴が開いていて、そこから放射状のヒビが走っていた。

「これは補修だけで間に合うのか？」

魔界にもコンクリートのようなものがある。土と灰と砂利に水を混ぜたものだ。軽くするためか、橋は薄く作ってあった。これなら穴が開くのも致し方ない。それと気になったことがある。

ばっている。

「おい、誰か」

「はいただいま」

コボルド族とレプラコーン族が慌ててやってきた。別に怒るわけじゃないのに、彼らの顔がこわばっている。

「強度を増すための筋交《すじか》いとかは、入れてないのか？」

「筋交いと言いますと？」

「鉄線をこう……格子状にしたのを入れたりしないのかと思ったんだ」

「さあ……あまりそういうのは見たことないです」

「ふむ」

俺も素人だから詳しいことは分からないが、たしかコンクリートと鉄筋を混ぜると、互いの欠点を補い合って、丈夫になったはずだ。生前の話だが、道場の庭の外構工事で、コンクリートを敷いたときにも入れていた。小さな四角いコンクリートのキューブを下に敷いて下駄《げた》を履かせた上に、格子状の鉄筋を載せていた気がする。あんな普通の庭にも使うのだから、橋にもあった方がいい。

というわけで……。

「中に筋交いを入れると、橋が頑丈になるんだ」

あとは偉そうに言えばお終《しま》いである。

「すぐにやってみます」とのこと。針金を作ることができるんだから、問題ないだろう。

「橋はもう老朽化している。隣に新しく作り、それが完成したら古いものを撤去するように。これは危険だ」

「分かりました」

鉄筋なしの老朽化した橋……しかも薄いときている。崩落が起きてからでは遅いからな。

「次は巨人族が倒れても大丈夫な橋を期待する」

「お任せください」

その後、新しく作るものには、すべて鉄筋が入れられるようになったらしい。

長持ちするといいな。

ファルネーゼ将軍が行った調査でも、国を出たネヒョルの行方は分からなかった。かわりに、他国から来た商人の情報で、支配の石版にネヒョルの名前が載ったことが確認された。小魔王だそうだ。小魔王になったということは、ネヒョルはどこかの国を支配下に置いたのだろう。目的はエルダー種に進化すること。動き出したら、注意が必要だな。

「……問題は、俺たちが生き残れるかどうかだよな」

実はネヒョルのことだけに構っていられなくなった。小魔王レニノスを倒す目処が立たないのだ。それで今日は、将軍に呼ばれていたりする。場所は、かつてネヒョルが治めていた町。いまはフェリシア新軍団長が治めている。そこにファルネーゼ将軍がやってきた。なぜ将軍がやってくるかというと、俺が将軍の町まで出向くと、片道だけで五日もかかってしまうからである。

ちなみに魔王トラルザードとの密約は、他の二将軍も賛同した。ひと安心だ。ただし、メラルダが軍を出すのはもう少し経ってからとなった。いま魔王リーガードの軍勢が勢いを増していて、ちょうど軍を入れ替える時期にきているらしい。入れ替えが終わった軍勢を戻さずに、東へ張り付けるつもりのようだ。

軍勢はそこで英気を養いつつ訓練するらしい。魔王国軍が東に向かえば、南にある四つの小魔王国は大いに慌てる。魔王国軍に備えなければならないが、どの小魔王国も戦争の真っ最中である。かなり無理をすることになる。俺たちの国が手薄だと分かっても、攻め込むのは難しいだろう。

「南の小魔王国群の目がそちらに向いているうちに、我々は準備をすべきだな」

こちらの動きを気取られても困るので、南の緊張が高まった頃に動いた方がいい。つまりいまは雌伏のときとなる。

「その間に戦略を練ってしまわねばなりませんね。ゴーランの意見を聞きたいです」

最近、フェリシアは俺に意見をよく振ってくる。俺は素人なので、あまり戦略に口出しできないと思う。それでも二人とも俺の上官だ。聞かれたら、答えなくてはならない。

「見晴らしの丘でレニノス軍の侵攻を二度撃退しました。だからといって、小魔王レニノスを侮るわけにはいきません。総力戦になったら、こちらが不利です。少しでも勝率を高める作戦を考えるべきです」

「たとえば？」

「小魔王レニノスは、ふたつの小魔王国を併呑しています。つまり少なくとも二人の小魔王がレニノスに従っていると考えていいですね」

「その通りだ」

「でしたら、レニノスから二体の小魔王を引き離しましょう」

ただでさえこちらは寡兵なのだ。そのまま戦争をしても負ける。

「言いたいことは分かるが、そう簡単にいかないからこそ、悩んでいるのではないか？」

ファルネーゼ将軍もいろいろ考えたようだ。この国で動員できる戦力は、最大で二将軍分しかない。メルヴィスが眠る城に一部隊を残さねばならないため、他国へ侵略できる余地がほとんどなかったりする。それでも行かねばならないのだが。

「幸い、魔王トラルザードとの密約がありますので、南へ張り付かせる必要がなくなりました」

「そうだな。こちらは二将軍が出撃できる」

「はい。というわけで、一将軍はレニノスの国へ侵攻します」

「ふむ、そうするとただの侵略戦争だな。短期決戦など、夢のまた夢だぞ」

将軍は不満そうだ。

「ということは、その軍は囮《おとり》ですね」

フェリシア軍団長の言葉に俺は頷いた。

「こちらが将軍を出せば、あちらも将軍を出さざるを得ません。ゆえに一部隊は城から離れます」

フェリシア軍団長の言う通り、将軍を囮に使う。遅延行動で、時間稼ぎだけしてくれればいい。

別に撃破する必要はないのだ。

「とすると本命は別か。……だが、まだ小魔王が一体残っているぞ」

「ええ。ですから、力を借りるのです」

「魔王トラルザードにか？　援軍は出せないと言われただろ？」

「違います。小魔王ファーラにです」

俺の言葉にファルネーゼ将軍は「はっ？」という顔をし、フェリシア軍団長は「んーっ」と悩む姿を見せた。

小魔王ファーラと小魔王レニノスの国は国境を接しているが、俺たちとファーラの国は接していない。ここが重要だ。

両小魔王はいま、一大決戦をしたくないらしく、ファーラは北へ、レニノスは南へと食指が動いている。そんな両者をどうやってぶつけるかだが。

「メラルダからワイルドハントの話を聞いて考えたんですが、レニノス軍のフリをしてファーラの国境付近で暴れたらどうなるかと思って」

「そりゃもちろん、ファーラは激怒するだろう。すぐに軍が派遣される」

ですよねー。

「そこで捕まらないように、レニノスの国に逃げたらどうなります？」

「どうだろう。国境を越えてまで、追いかけないんじゃないか？」

全面戦争は避けたいだろうし、当然か。

「でしたらファーラ軍が国境を越えるまで、何度もそれを繰り返せばいいですね」

そうすれば、さすがにファーラだって業を煮やす。それに国境付近にファーラ軍が集まれば、レニノスだって反応せざるを得ない。ファーラ軍に対処するため、将軍を派遣するしかない。これでレニノス以外の小魔王が南と北に分かれた。残るは城にいるレニノスのみだ。

「ここからが本命です。この国の最強の戦力がレニノスの城へ侵攻します。ただし、絶対に見つかってはいけません。城にいるレニノスの首を取るには、これしかないと考えますが、どうですか」

作戦としては単純なものだ。レニノス以外の小魔王を誘い出して、城の守りを薄くする。気づかれたら対処されてしまうが、俺たちとファーラが連携する可能性はないので、隠密《おんみつ》で行動する戦力が見つからない限り、作戦としては有効だと思う。

ファーラにしても、レニノスの国からやってきた一団ならば、どうしても対処せざるを得ない。ファーラが疑ったとしても、現実的な被害があれば無視できない。国境付近まで軍を出したらこちらのもの。レニノスだって、それを放置できないだろう。

「たしかにうまくいきそうな気もするが、フェリシアはどう思う」

いつもはこうやって策を立てる役目をフェリシアが担っていたんだろう。いまは軍団長で大忙しだが。

「そうですね。成功するかどうかは別として、面白い案だと思います」

「成功するかどうかというのは？」

「いくつか偶然に頼る要素があります。見つからずにファーラの国まで行けるのか、ファーラとレニノスの軍に追いかけられて、捕まらずに済むのかなどです。そしてなにより、少数で侵攻してレニノスが倒せるのか……が最大の懸念でしょうか」

「レニノスはやはり大変か」

「二将軍の部隊が襲いかかってようやく四割の勝率でしょうか。一将軍のみだと二割以下に落ちると思います」

「なるほど、ゴーラン。その点についてはどうだ？」

「運の要素はあるでしょう。完璧な勝利を得たいのならば、敵より強い者を敵より多く集めればいいんです」

「国力が違いすぎる。現時点では不可能だな」

「でしたら、運に頼るのも仕方ないかと」

「そう言いつつ、他にも策がありそうですけれども」

フェリシアは、俺の言い方になにか引っかかりを感じたようだ。

「いえ、戦略としてはこれ以上思いつきませんでした」

「では、戦略ではなく戦術としてはどうですか？」

フェリシアはもう一歩踏み込んできた。

「……限りなく運の要素に左右されないための手段はあります」

「そうですか。聞いても？」

「構いません」

なんかフェリシアの手の上で転がされている気がする。コロコロ。

「巨人種を多く引き連れているゴロゴダーン将軍は、防衛戦には向きません。部下の多くは破壊に特化したタイプだったと思います」

二人は頷いている。俺の見立てが間違っていなかったようだ。

「守りより攻め。敵陣に向かって好きに暴れさせた方が、本人も部下も力を発揮できます。ゆえに囮としてレニノスの国へ侵攻するには、ゴロゴダーン将軍がピッタリでしょう」

「なるほど。それはいいかもしれない。それで?」

「配下に夜魔種が多くいるファルネーゼ将軍が、レニノスを討つべきだと考えます。敵の城までは夜間移動が主になりますし」

ヴァンパイア族は夜目が利くし、ロボスのような魔獣族や、狼《おおかみ》男に代表される夜に力を発揮する者たちを多く抱えている。彼らと夜陰に紛れて行動してもらう方が、成功率が上がりやすい。城へ襲いかかるのも、夜間がいいと俺は考えている。ちなみにダルダロス将軍は城の守りだ。ダルダロス将軍は飛天族。配下の者も昼間に活動する者たちが多いので、隠密行動に向かない。

「私がレニノスを殺《や》るわけか」

「俺は適任だと考えます」

この国でファルネーゼ将軍にできなければ、誰にも不可能だろう。レニノスは巨人種へカトンケイル族なので、同種のゴロゴダーン将軍だと分が悪い。ここはファルネーゼ将軍に、魔法でドカンとやってもらいたい。

「なるほど。よく分かった。……とするともうひとつ気になるのは、小魔王ファーラの国へ行く一団だな。レニノスの国を抜けて行かねばならん。遠いぞ。それに追っ手が来れば、前後を挟まれる。危険で損な役割だと思うが」

「そこは言い出しっぺの俺が担当します。部隊の侵攻度合いと撤退のタイミングは、作戦を理解していないとできないですから」

俺も自分で提案したからには、責任を取るつもりだ。

「とまあ、このような戦術ではどうでしょう。少しは運の要素が減りましたか？」

半分嫌みでフェリシアに言ってみた。

「結構だと思います。不確定要素が考慮されておりませんが、それさえ無視すれば、なかなかの作戦だと思います」

「さすがに不確定要素までは網羅できませんよ」

「そうですね。分かります」

それこそ、敵に小魔王が二人増えていたとか。そういった事を考慮に入れて作戦を立てられるほど、こちらに余裕はない。

「分かった。いまの話を詰めてみよう。その上で、他の将軍に掛け合ってみる」

「よろしくお願いします」

もう用はないだろう。そう思って俺は部屋を出た。もう帰っていいよな？

――会議の後　ファルネーゼ

会議が終わり、ゴーランが去った。私とフェリシアはその場に残った。

「……どう思った？」

「彼に驚かされるのは二度目です。エルスタビアの町でもそうでしたが、発想がオーガ族のそれではないですね」

フェリシアの感嘆に、私も同じ思いだ。これまで私は、脳筋であるオーガ族を身近に置くことがなかった。魔界には多種多様な種族があり、よく知っている種族もいれば、名前や特徴を知っているだけの種族もいる。オーガ族は肉壁。それが私の認識だった。だが、ゴーランと話して感じるのは、深い知性と洞察力。そして先を見通す目だ。

「あれが一般のオーガ族でないのは私も分かる。さすがにな」

「そういえば以前もファルネーゼ様は、彼の裏に誰かいると疑っていましたね」

「それはもうないと思っている。あれだけ自由闊達《かったつ》に話せるならば、誰かの傀儡《かいらい》になるようなことはない」

「わたくしもそう考えます。そうなると不思議なのは……ほんとうにオーガ族なんですか？　起源《オリジン》種ではなくて」

フェリシアの問いかけに私は苦笑した。ゴーランの外見はオーガ族以外のなにものでもない。行動様式もそっくりだ。ムカつけば殴るし、強者相手でも普通に喧嘩を売る。魔法が使えないので、肉弾戦でしか対処できない。まさにオーガ族の典型だ。

「知性を除けばとてもオーガ族らしい……いや」

「どうされました？」

「そういえば、大牙族《たいが》とギガントケンタウロス族の部隊長を倒している」

「資料はわたくしも目を通しております。ですが、それは不可能かと思います。勝率はいいとこ数パーセント。普通ならばゼロと言って差し支えありません」

戦果を大げさに宣伝する者は後を絶たない。ゆえにフェリシアはそういった報告に、あまり重きをおいていない。

「それがそうでもないのだ。飛鷲族の偵察でも確認が取れている」

「知性を持つオーガ族だからといって、魔界の常識まで覆されるわけにはいきません。もしオーガ族がギガントケンタウロス族を倒したのでしたら、それはもうオーガ族ではなく、別の何かです」

フェリシアとしてもそこは譲れないようだ。なまじ知識がある分、認められないのだろう。

ゴーランの知性については、たまたま素養を持って生まれて、小さな頃から教導者に恵まれた場合、あのように成長する可能性はある。だが、相手の半分もない魔素量で次々敵を撃破できるかと言えば、ノーである。そこまで魔界は甘くない。

「……彼のことはこれくらいにして、先の作戦を詰めようか」

「そうですね。わたくしが事前に用意した作戦よりも、彼の案の方が実用性が高いと思います」

今回は、わざとゴーランに喋らせるつもりでいた。フェリシアが用意した作戦もあったが、ゴーランのあとで出すよう指示しておいたほどだ。結果、フェリシアが立てた作戦は出さずに終わってしまった。

「お前の作戦――カウンター作戦だったが、それはいいのか？」

「ええ、危険度が高いですし、わたくし自身、あまり乗り気ではありませんでしたので」

フェリシアが立てた作戦は、行商人を通してこの国が混乱していることをレニノスに知らせることからはじまる。レニノス側は、二回も侵攻して負けたのだ。こちらの混乱が伝われば、リベンジとばかりに仕掛けてくる。それをメルヴィスの城で迎え撃つ。その隙に二将軍がレニノスの国へ速攻をかけるというものだった。レニノスの性格からして、この国に軍を派遣するときに、他国、とくにファーラの国から狙われないよう、反対側への防備を疎《おろそ》かにしない。すると必然、レニノスの城には一部隊しか残らないことになる。そこへ攻め上がる予定でいた。だがこちらも二部隊が動けば当然察知される。城で待ち構えられる可能性もあるし、途中で迎撃されることも考えられる。モタモタしていると、こちらの城が落とされる可能性も出てくる。そうしたら国が終わる。あまりにリスクの高い作戦であった。

「私がレニノスと戦ったとして、勝率は二割か」

「現時点ではです。入念に準備をして、半分まで上がるよう詰めていきましょう。時間はまだありますす」

「そうだな。作戦決行は一ヵ月後か、二ヵ月後か。それまでにやればいいのだからな」

「わたくしもまだ軍の編制が調っておりませんので、すぐにはお役に立てないかもしれません」

「仕方がない。ネヒョルの直属がみな去ってしまったのだ。残ったのは戦闘に向かない種族が多い。肝心のゴーランは外れてしまったからな」

「申し訳ございません。一ヵ月のうちには終わらせてみせます」

「期待している」

　こうしてゴーランの立てた計画がスタートすることになった。

――ワイルドハント　ネヒョル

「ねえ、レグラス。ちょっと出ていっていいかなぁ？」

「ネヒョル様がなさりたいのでしたら、何でも」

「ありがとう、レグラス。ボクは西に行こうと思うんだ」

「西ですか……とすると魔王リーガード国ですか？」

「ううん。もっと西」

「魔王トラルザードですか？　あの爬《は》虫類《ちゅうるい》どもを喰い散らかすわけですね」

「残念。もうひとつ西のチリルってところにね」

「小魔王チリルでございますか……ふむ」

　レグラスは頭の中に地図を思い浮かべた。トラルザードのすぐ脇に、たしかに小魔王チリルが治める小国がある。だがそれ以上の情報は持っていなかった。何の価値もないと考えていたからだ。

ネヒョルがそこへなぜ向かうのかまったく分からないが、レグラスは深く聞くことはしなかった。

ネヒョルが話したければするし、内緒にしたいのならば、レグラスがどんなに懇願したとしても、教えてはくれまい。

「気をつけていってらっしゃいませ」

「うん。またね」

このあとネヒョルは、魔界に大きな混乱を巻き起こすことになるのだが、それはまだ先の話。

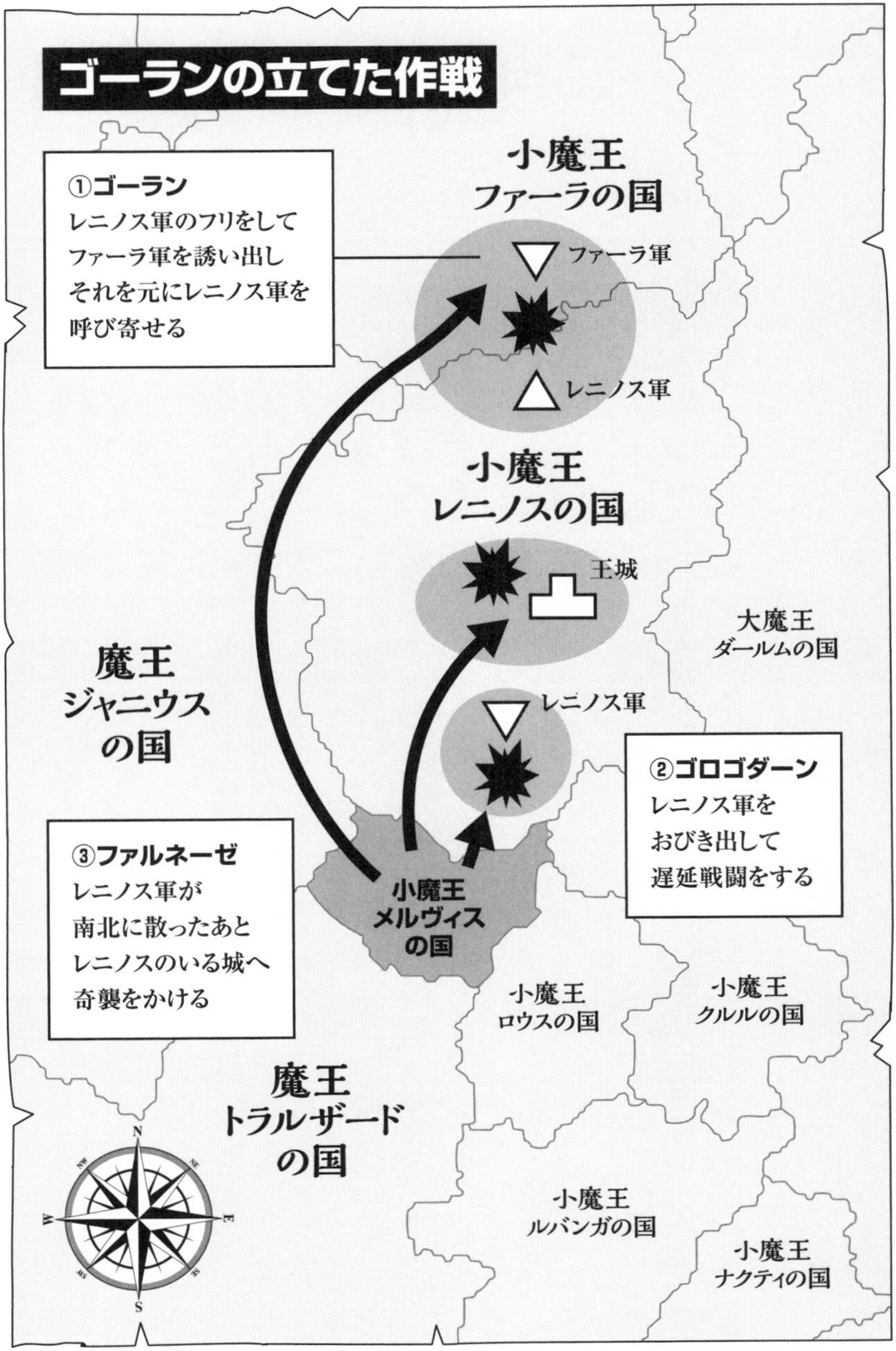
ゴーランの立てた作戦
小魔王
ファーラの国
①ゴーラン
レニノス軍のフリをして
ファーラ軍を誘い出し
それを元にレニノス軍を
呼び寄せる
ファーラ軍
レニノス軍
小魔王
レニノスの国
王城
大魔王
ダールムの国
魔王
ジャニウス
の国
レニノス軍
②ゴロゴダーン
レニノス軍を
おびき出して
遅延戦闘をする
③ファルネーゼ
レニノス軍が
南北に散ったあと
レニノスのいる城へ
奇襲をかける
小魔王
メルヴィス
の国
小魔王
ロウスの国
小魔王
クルルの国
魔王
トラルザード
の国
小魔王
ルバンガの国
小魔王
ナクティの国
N
NE
E
SE
S
SW
W
NW

第二章　こっそり遠征

　将軍が軍団長に相談を持ちかけるのは分かる。部下の意見は貴重だ。だが、フェリシアがいるのになぜ俺を呼んだのか。俺の意見など必要ないだろう。村に帰る道すがら、ずっとそんなことを考えていた。

「でも、俺の知らないところで作戦が決まるってのもな」

　誰であろうと、俺は仲間に死んでほしくない。どんなに名誉の戦死でも、死は死だ。死ぬのは愚かなこと。戦いなんか忘れて、面白おかしく暮らそうぜ。俺はいつもそう思っている。

「現実には、できないけどな」

　たとえば死神族。もしこの国が戦わずにレニノスの傘下に入ったとする。ペイニー以下、死神族はまた流浪の旅に出るか、レニノスの軍に殺されることだろう。こんな世紀末《ヒャッハー》な世の中じゃ、「命を大切にね」と言ったところで、鼻で笑われてお終いだ。

　レニノスのもとで危険視され、嫌われている死神族が生き残れる可能性は低い。自由が欲しかったら、自力で勝ち取るしかないのだ。

　他の種族はどうだろうか。戦争に行きたくないと言ったとしよう。国を追い出される覚悟が必要だが、一度くらいなら拒否できると思う。

「ただ、それをして何になるかだよな」

魔界で戦いを拒否する奴に生きる資格はない。誰がそんな軟弱者を仲間と認めるだろうか。結局、死神族や他の種族関係なく、参戦は拒否できない。戦いたくなくても、自分の中で折り合いをつけるしかないのだ。だから俺は、俺が守れる範囲のものだけを必死に守る。それが俺の限界だ。

こんな世の中じゃ、世界を救うなんてことできやしない。いや、小覇王ヤマトが戻ってくれれば可能か？　ヤマトと当時の部下が健在だったら、それも「アリ」だったかもしれない。よく分からないけど。

「こっちはたしか……死神族の村がある方角か」

そういえば、死神族の村にはまだ一度も訪れてなかった。連絡はペイニーがやってくれるので、必要なかったのだ。

「一度くらい顔を出してみるか」

とくに訪れる理由があるわけじゃないが、邪険にはされないはず。

俺は、死神族の村がある方へ足を向けた。

「これはゴーラン様、ようこそいらっしゃいました」

出迎えてくれたのは老年にさしかかった死神族のルマ。ルマは村内のとりまとめをしている。俺が行くと、数人の死神族が出迎えてくれたが、村に入る前にも気配を感じたので、どこかで見張りがいたのだろう。死神族は他種族から忌避されているので、襲撃を警戒しているのかもしれない。

「やあ、ルマ。まだ一度も村を見てなかったからな。ちょっと寄ってみた」

「そうでございましたか。ここは谷に位置しますので陽に当たる時間も短く、過ごしやすい場所でございます。ただ、ゴーラン様にはややジメジメしていると、感じるかもしれません」

たしかにここは、雨上がりの山の麓みたいな感じだ。死神族には適所らしいのだから不思議だ。陽が差し込むのは昼の前後一時間くらいなので、村内はほぼ一日中薄暗い。やはり、種族的な好悪は俺には分からん。

「この地を気に入ってもらえてなによりだ」

用もないし、話もない。何しにきたのかと問われれば、気が向いただけとしか答えようがない。

「でしたら、村を案内いたしましょう」

「そうだな。視察するのもいいかもしれない」

そう、これは視察だ。いい名目だ。俺はルマに連れられて村を歩く。

死神族は日中あまり家の外に出ることはない。夕方くらいからノソノソと家から這《は》い出《だ》してくるらしい。家と言っても、大きな木の枝葉を幾重にも重ね合わせた簡易的なものだ。

「しっかりした家が必要ならば、人を寄越すが」

コボルド族やレプラコーン族ならば、ファルネーゼ将軍の麾下《きか》にたくさんいる。手先が器用な者が多いので、何かを作るときはかなり重宝している。丸太はオーガ族がいくらでも用意できるし、力があるから家を建てるのもそれほど手間ではない。

「お気遣いありがとうございます。ですが、私どもは昔からこのような暮らしでしたので、別段不自由しておりません」

魔界の住人はとにかく身体が丈夫なので、人ならばすぐに体調を崩す環境でも平然としていたりする。かくいう俺も、ベッドは板を敷いただけの簡単なものだ。ふかふかのベッドが存在しないというのもあるが、板だけでも別段寝苦しいと思うこともない。転生してから生活が雑になったが、そういうものだと思っている。

「そういえば、ゴーラン様。ひとつお願いがございまして」

「……ん？　なんだ？」

「先日の戦いですが、我ら死神族も参戦しました」

「ああ、あれはかなり助かった」

やはり上位種族だけのことはある。とにかく攻撃を受けても死ににくい。それだけでもかなり違う。また要所要所でいい働きをしてくれたのも大きい。個としても強く、集団戦もできる。死神族は得がたい人材だと思っている。

「私どもが参戦したことが知れたようです。他国に隠れ住んでいる同胞が接触してきました」

「ふむ？　いつの間に？」

「死神族が国を越えて移動するのは難しいですので、代理の者が現状を確認しにきました。確定ではないですが、こちらに移住したいと……ただ、こちらの状況が分からないため、向こうで意思の統一ができていないようです」

小魔王レニノスの動向は、周辺国でかなり警戒されているらしい。現在この国に侵攻して敗れたことが知れ渡り、死神族が活躍した話も噂されている。

「ルールが守れるなら俺は構わない。条件は同じだ。それでいいならば受け入れると伝えてくれ」

「ありがとうございます。次に来たときに、そう話をさせていただきます」

前回の戦いで、死神族の中でも数名の死者が出た。全員を守り切るのはやはり不可能だ。かといって逃げるわけにもいかない。いまのこの平和な生活を守るため、俺は彼らを戦地へ連れていくしかない。矛盾しているようだが、それが正解だ。その代わり、少しでも生き残れる作戦を考えるつもりだ。

「だから俺が会議に出たのは、間違ってないはずだよな」

オーガ族を使い捨てにされないよう、ファルネーゼ将軍のもとでも目を光らせる。それを俺の役割にしよう。

その後もあちこちを見て回って、俺は死神族の村をあとにした。


死神族の村に立ち寄ってからは、どこにも寄り道せず、俺は村に帰ってきた。

「うん、ここは平和だ」

村に入った早々、オーガ族どうしの殴り合いを見てしまったが、それは日常だ。この村では、殴り合う光景を見ない方が異常だったりする。そのため、ときおり聞こえてくる怒声も虫の鳴き声程度でしかない。

「おかえりー！」

道を歩いていると、ベッカが俺を見つけて近寄ってきた。何か背負っている。

「おう、ただいま」

ほぼ毎日俺に転がされているにもかかわらず、よく寄ってこられるな。戦に出ていない同世代の連中は俺を怖がって、目すら合わせないというのに。

「あれ？　ゴーランはどっか行ってたの？」

ひどい言い草である。連日家に押しかけてきて戦いを挑むくせに、俺がいなくなったのを知らないとか。

「町までな……それよりお前の背中、なんだそれ？」

ベッカは、キメラみたいな生き物を背負っていた。

「これ？　猪《いのしし》と大蛇と狼だよ。今日の獲物」

「そうか……別々に持ってきたらどうだ？」

猪を背負っているが、その口の中に大蛇が頭から詰め込まれている。もちろん口に入るのは頭から少しいったところまでだ。残りは口からにょ〜んと出ている。その尾の先を狼の首に巻き付けている。蛇で縛るって斬新だな。つか、シュールすぎる。なんというか、一般的なオーガ族でもベッカほど適当じゃないぞ。

「それ、全部殴り殺したのか？」

「そうだっけ？　バキッとやったかな」

ベッカの場合、純粋な腕力だけなら、兄のサイファァをしのぐ。俺なんか握手したら手を握りつぶされる。ただベッカの場合、身体の使い方が適当なので、摑まれたことは一度もないが。

途中、俺と絡みたそうだったので適当にあしらって、自分の家に入った。

「おかえりなさい」

「おかえりなさいませ」

ペイニーとリグが俺の家にいた。なぜだろう。

「今日あたり帰ってくると思いましたので、こちらで待たせていただきました。食事の用意ができていますので、どうぞ」

さすが俺の副官。よく分かっている……で、いいんだよな？

「ありがとうな、リグ」

「いいえ。お帰りがもう少し早いかと思って、先に準備しておりました。若干冷めているかと思います」

「ああ、死神族の村に寄っていたんだ。遅れたのはそのせいだな」

帰りの時間まで把握されているのか。さすがリグ……『さすリグ』だな。けど、ちょっと恐ろしいぞ。

「私の村に寄ったのですか？」

「ルマに会ってきた。とくに用はなかったが、一度村を見ておこうと思ってな」

「そうでしたか。あそこはいいところです」

オーガ族にとっては湿っぽい場所だが、それは言わないでおく。

「そういえば、他国の死神族がこの国に来たいと聞いたが」

「前回私が村に戻ったときに、その話を聞きました。ですが、交流のあった一族ではなく、互いに知っている相手がいないようです。ですので、来るかどうかまだ分からないと聞きました」

「国をまたいで移動するだけでも大変だしな。落ちつく気になったら来ればいいさ。……それより、また戦争がはじまりそうだ」

「相手はどこですか？」

リグの顔が険しくなる。

「レニノスの国、前回と同じだ。今度はこっちから攻め上がる」

「…………」

リグもペイニーも驚いた顔をした。

「小魔王レニノスは強大です。戦力的に、かなり厳しいのではないでしょうか」

「そうだな。死なないために、そして負けないための準備は必要だな」

戦争と言っても、実際に攻め込むのは、メラルダの部隊が動き出したあとになる。完全な他力本願だ。南の小魔王国軍を引きつけてくれないと、怖くて攻め込めやしない。そして俺の案——俺たちがファーラ軍をレニノスの国まで引っ張ってこなくてはならない。

「いろいろ準備が必要だな」

少しでも生存確率を上げるためなら、なんでもしたい。

「次もがんばります」

ペイニーが意気込んでいる。ようやく死神族の居場所ができたのだ。これを失いたくないのだろう。失いたくないのは俺も一緒だ。

「おそらくかなり厳しい戦いになる。ただし、時間は十分ある。いまから気を張っていると疲れてしまうぞ」

どうせ戦いからは逃げられないのだ。覚悟を決めて特訓だな。またかと言われそうだが。俺はリグに頼んで、レニノスとファーラの国の地図を取り寄せてもらった。

城にあるので、リグに行ってもらった。そのうち、写しを持って戻ってくるだろう。

その間俺は、オーガ族と死神族を分け隔てなく特訓した。簡単に言うと、特殊技能なしの組み手だ。なぜか魔界の住人は種族固有の能力や、特殊技能に頼るクセがある。他種族が持っていない自分たちだけのものなので、頼りたくなる気持ちも分かるが、俺はそれを矯正したかった。それと困ったことに、それだけ依存度の高い特殊技能であるにもかかわらず、その効果をしっかりと検証していない場合が多い。俺からしたら「何やっているんだ！」と怒鳴りたくなる体たらくである。

出撃までの二ヵ月間、俺は連中を徹底的にシゴキ、甘えを捨てさせた上で、心を折るまで相手をした。おかげで俺も相当強くなった気がする。ちなみに、死神族の基礎能力は凄《すご》かったとだけ言っておこう。俺も相当鍛えられたんだよ。上位種族と特殊技能なしで対決するのは愚かな事だと理解した。

こうして準備が調ったところに、出陣の命令が届いた。いいタイミングだ。俺の作戦が了承されたとの報告も一緒に届いた。

レニノスの国には三人の小魔王がいる。そのうちの一人はレニノス本人だ。問題は、他の小魔王だ。大狒狒《おおひひ》族のムジュラとノスフェラトゥ族のトトワール。両小魔王とも、かなりやっかいらしい。ムジュラは狒狒族の進化種らしく、力は狒狒族の数倍というから恐ろしい。

狒狒族は森の暴虐王とも呼ばれるほど強くて凶暴。腕力と瞬発力にあかせた攻撃を得意としている。大狒狒族はその進化種で、強さは未知数。かなり強いと見ていいだろう。耐久力に優れているだけでなく、すべて狒狒族の上位互換だと言われれば、絶望しか湧いてこない。

もう一方のトトワールだが、ノスフェラトゥ族というこれまたヴァンパイア族と同じくらいやっかいな相手だ。魔法型だが肉弾戦もできるヴァンパイア族とは違い、ノスフェラトゥ族は魔法オンリーだ。オーガ族みたいな脳筋には、かなり戦いづらい相手である。物理攻撃をほぼ無効化するので、倒すならば魔法しかない。ぶつける相手を選ばないと、一方的に蹂躙《じゅうりん》される。

「なにより恐ろしいのは、レニノスだろうがな」

小魔王レニノスはそんな連中を倒しているあたりで、肉弾戦だろうが魔法戦だろうが問題なく戦える事が分かる。そしてムジュラとトトワールよりはるかに強い。

レニノスのように敵の小魔王を配下にする場合、無力化させて心を折れば可能だ。生殺与奪を握るのは強者のみに許されている。小魔王を配下にしたことから、レニノスの強さが群を抜いているのだと容易に想像できる。本当に倒せるのか、心配になってきた。

「さて、俺たちは密《ひそ》かに出発するぞ」

現在、国を挙げて戦争準備の真っ最中である。兵と物資が町を行き交い、いままさに攻め入ろうとする雰囲気がひしひしと感じられる。これだけ大がかりな戦準備をしていれば、他国も敏感に反応するだろう。俺たちはその間にひっそりと国を出る。今回は隠密行動なので、連れていく人数を絞った。オーガ族と死神族が三十名ずつ。それに非戦闘員のコボルド族を入れて、全部で八十名あまり。隠密を考えるとこれが限界だ。これ以上多くすると目立つし、少なくすると戦闘に支障をきたす。俺としてはこのメンバーでやりとげて、無事村まで戻らなければならない。

「おっしゃ、腕が鳴るぜ」

「この阿呆《あほう》！　しばらく戦わないからな！」

出発前、勘違いしているサイファにげんこつを落とす。すでに何度も説明してあるが、作戦の概要を覚えてないらしい。

戦闘面では頼りになる奴だが、やはりオーガ族は難しいことを理解できない。

俺たちの国は、魔王ジャニウスの国と接している。

「ここから先は、魔王ジャニウスの国だ。いいか、俺たちは魔王国を通って、北を目指す。勝手に騒いだりするなよ」

ファーラの国を目指すときに、レニノスの国は通過しない。通るのはジャニウスの国だ。ここはさすがに魔王国だけあって、とても広い。誰も住んでいない地域が国境付近に多数広がっている。そこを通れば、もし発見されても反対側に逃げ込める。

「よし、全員正体を隠せ」

トトワールの部下に見えるよう、夜魔種や幽鬼種に似たかぶり物をする。ボロ布をすっぽりとかぶるのだ。こういう細かい演出は、魔界の住人の発想にないらしい。遠目には、幽鬼の集団が進んでいるように見える……はずだ。

そして俺たちが進むのはジャニウス国。もし俺たちがジャニウスの兵に見つかった場合でも、すぐにレニノス国に逃げ込める。その代わり、道なき道を往くことになる。体力馬鹿のオーガ族は道がなくても問題ないし、上位種族の死神族は空中に浮くことができる。

「――休憩だ」

コボルド族の体力がすぐに切れる。かといって、彼らを置いていくといろいろ不便なのだ。コボルド族の体力にあわせて進むしかない。

「偵察に出した者たちが戻ってきました」

休憩をしていると、リグがやってきた。数日前から、コボルド族を単独で斥候に出している。

「魔王ジャニウスは魔王ギドマンと戦争中だが、戦場はもっと西だ。ここは反対側となる。よほどの事がない限り、注目されたりしない。だが、目立つ行動は避けてくれよ」

「分かっております。進む先に村や町がないかだけ、確認させております」

日中は周囲の情報を集めつつ、ゆるやかに前進する。夜に進めるだけ進んで、夜中から朝にかけて寝る。そんな感じで進軍している。死神族はもとよりオーガ族もいまのところ不満を顔に出している連中はいない。死神族はもともと規律を重んじる種族らしいので問題ない。オーガ族は出発前に俺が口をすっぱくして……じゃなくて、実力行使で黙らせたから大丈夫だと思う。

「目的地に着いたら存分に暴れていいからな」

いまは目の前にニンジンをぶら下げた馬みたいなものだ。暴発するまでは、真っ直《ま》《す》ぐ進んでくれるだろう。

「この先は問題ないか？」

「見える範囲では、何も発見できませんでした」

斥候の報告によると、この先は起伏のある山が続き、村ひとつないらしい。

「ここはレニノスの国との国境だしな。危険な場所に村なんかないよな」

進軍は順調で、このまま何事もなく目的地に到着する……と思っていた自分を殴ってやりたい。

「隠れてろ！　絶対に動くなよ」

ただいま絶賛隠密中だ。じっと息を殺して、敵が通り過ぎるのを待っている。敵と言っても敵兵じゃない。魔物だ。まるで怪獣みたいな奴が、足音を響かせながら森の中を闊歩《かっぽ》してやがった。

「リグ。あれはなんだ？」

「多眼獣《たがんじゅう》の一種だと思いますが、あれほど大きい個体は見たことがありません」

「俺もだよ」

顔に大小の目を八から十くらいくっつけた獣を多眼獣と呼んでいる。体内に支配のオーブがないものを魔獣と呼ぶが、その大きさと強さは千差万別。

「森の木の倍くらい背がある多眼獣なんて、存在していたんだな」

あんなのがいるなら、村なんてできないはずだ。俺の背丈くらいの多眼獣でも、かなりの強敵だ。理性がないかわりに攻撃本能だけは発達している。どうやったら獲物を倒せるかだけを考えて生きてきた獣なんて、絶対に相手したくない。

見上げるほど大きな多眼獣と戦おうとは少しも思わないが、他の連中はどうだろう。

「ありゃヤベーな。見つかったら、半分は喰われちまうんじゃねーの？」

サイファも同意見らしい。この場合、半分喰われるというのは、残りの半分は散り散りに逃げましたというオチだ。半分の犠牲で倒せるという話ではない。多眼獣は何かを探しているのか、少し歩いては顔を周囲に向けて、大きく弧を描くように移動している。日が暮れてようやく、多眼獣はどこかへ行った。

「……ふう。見つからなくてよかったな」

こんな場所で怪獣退治みたいなことはしたくない。そもそも倒せる気がしない。

「今日はここで野宿をしますか？」

「ああ、下手に移動して見つかっても困るしな」

精神的な疲労が多かったせいだろう。その日は静かな夜となった。オーガ族ですら、黙して語らないという珍しい夜だった。

その後もゆっくりとジャニウスの国を進み、何かあったらレニノスの国へ逃げ込める準備をしながら進んだ。

異変に気づいたのは、国境を越えて十日目。

あと数日でファーラの国へ入るというときであった。

「レニノスの国側で動きがあります」

やや切羽詰まった声でリグがやってきた。ちょうど休憩を終えて出発しようとしていたときだ。

「動き？　気づかれたか？」

「いえ、兵の姿は確認できましたが、そういう雰囲気ではないようです。おそらく巡回兵だと思います」

「いままで巡回兵に遭遇したことなかったよな」

ここはジャニウスの国とはいえ、レニノスの国にほど近い。明確な国境線があるわけでもないので、正確なことは分からないが、レニノスの国から数キロメートルくらい離れたところを通行していると思っている。

「我が国が侵攻を開始したのではないでしょうか」

「ああ……日程としてはそろそろか」

今回の作戦を成功させるには、三つの動きをうまく連動させる必要がある。最初は俺たちだ。国内で戦争準備をしている間にこっそりと国を脱出。ファーラの国まで戦闘を避けながら進む。同じ頃、ゴロゴダーン将軍が鳴り物入りでレニノスの国へ姿を現す。当然レニノスは配下を迎撃に派遣するが、ゴロゴダーンとその部隊は巨人種が大半。部隊をゆっくりと進めてもおかしなところはない。ゴロゴダーンの目的は、時間稼ぎしつつ国境付近で戦端を開くこと。敵をおびき寄せることで、戦力の分散を図っているのである。その間にファルネーゼ将軍は精鋭を引き連れてレニノスの城を目指す。夜魔種を中心としたファルネーゼ将軍の部隊は夜陰に紛れて、気づかれずに肉薄できるだろう。俺はと言うと、ファーラの国で暴れるだけ暴れて、兵をレニノスの国の北へ呼び寄せる。予想ではトトワールの部隊がやって来るだろうから、それが到着する前にドロンを決め込む予定だ。

「ここでレニノスの国が動いたってことは、周辺国への警戒だな」

戦争に集中するためにも国境付近には目を光らせなければならない。レニノスはそういう作業を面倒がらないタイプのようだ。こちらとしてはその方が助かる。少しでも兵が散ってくれた方がありがたいからだ。

「あっ、でもファルネーゼ将軍が忍んで近づくのが難しくなるのか」

早い段階で見つかれば、こちらの意図が看破されるおそれがある。まあ、そこは夜魔種の隠密性に期待だ。ここからじゃ何の支援もできないし。

「我々はどうします？」

「ジャニウスの国の奥に入るのは、逆の意味で危険だしな。夜間のみの移動に切り替える」

レニノスが放った斥候に見つかるとヤバい。計画は遅れるが、安全策をとろう。見つかったら何もかもお終いなのだ。俺はすぐに仲間を集めた。

「俺たちの国とレニノスの国が戦争状態に入ったと思う。これからは日中は寝て、夜のみの移動になる。もし誰かに見つかったらすぐに知らせろ。目撃者は消さねばならん。ここから先は気を引きしめろよ」

こうして予定より遅れること二日。

俺たちは誰にも見つかることなく、ファーラの国へ到着した。

――小魔王チリルの城　小魔王チリル

小魔王チリルの城は、数日前から不穏な空気に包まれていた。発端は、辺境の村がひとつ壊滅したこと。原因は分からない。何者かの襲撃を受けたのだ。敵の死体はひとつとして転がっていなかった。あるのは村人のものばかり。

近くの町に報告が行き、調査隊が出発したものの、それすら行方不明。町の領主は二度目の調査隊を出すとともに、城へ報告した。

報告を受けた小魔王チリルは考えた。村があった場所は、魔王トラルザードとの国境に近く、魔王軍が攻めてきた可能性がある。事態を重視した小魔王チリルは、各地に散っている将軍を集める指示を出した。その翌日、城にほど近い町が襲撃を受けたと、駆け込んできた者があった。最初は村、次は派遣した調査隊、そして今度は近くの町。何者か分からないが、敵が確実に城へ近づいてきている。

「兵を集めろ！　門を閉ざせ！」

チリルの判断は素早かった。敵はここに来る。そんな確信があった。慌ただしく動く部下たちを眺め、チリルは彼我の戦力を試算する。

（報告によれば、町はほぼ一日で灰燼《かいじん》に帰した。中途半端な迎撃では、足止めにもならん）

城に近くなるほど町の防備は強力になっていく。とくに城塞都市と呼ばれるいくつかの町では、一旦門を閉ざすと、破壊することは困難。そこで敵を引きつけている間に、各地に散っている将軍を軍隊ごと呼び寄せる。それが最善の策であるが、すでに喉元にまで敵が迫っている。

(あまりに神出鬼没。敵は何者だ？　将軍は果たして間に合うのか？)

一番近くにいる将軍で、到着は早くて三日後。軍を引き連れてくるならば、その倍は軽くかかる。将軍すべてが揃うとすれば、十五日は見た方がいい。

(……軍を連れてきては間に合わんな)

「おい、追加で伝令を出せ。各将軍へだ。まずは身ひとつで……」

チリルがそこまで言いかけたとき、城門付近から巨大な破裂音が響いた。

――ズズーン！

地を揺るがす音、そして地響き。チリルはすぐさま愛用の斧《おの》を掴んだ。

「敵襲だ！　来るぞ！」

城門は鉄でできており、厚みは一メートルもある。自慢の一品だ。あれは腕力だけで破壊できるものではない。それでもチリルには確信があった。敵は来ると……。

「やあ、初めましてかな？」

チリルは城門に向かう……が、中庭にさしかかったところで、陽気な声に呼び止められた。まさか自分が声をかけられるとは思わなかったチリルは驚いた。

「お前はっ、ヴァンパイア族かっ！」

「そそっ。驚いたかな？」

そこにいたのはヴァンパイア族の少年。

「馬鹿め。たった一人でノコノコとっ!!」

ヴァンパイア族は空を飛べる。どんなに厚い門があろうとも、飛び越えれば単騎で襲撃可能である。だが、それがどうした。敵の城に単騎で侵入。それは自殺となんら変わりない。腕に自信があったとして、城の兵をすべて相手にできるわけがないのだ。

「落とせ！」

チリルの言葉が言い終わるよりも早く、視認できない速度で多くの槍《やり》が飛んだ。ミノタウロス族の集団が、『槍投擲《とうてき》』の特殊技能をフルに使い、次々と打ち出したのである。

「あれ？　ちょっ、とっと……」

その者は、数十本に及ぶ槍をすべて受け流す……ことはできず、何本か身体に喰らって、頭から地面に激突した。情けない姿である。そこへミノタウロス族が群がる。

「バカめ！　たった一体で何ができる」

再び城門から大きな音が響き、チリルの興味はそちらへ向いた。直後、殺到したミノタウロス族が一人、また一人と頽《くずお》れていく。

「何なんだよ、も～……いきなりだな」

ヴァンパイア族の少年は服のホコリを払う。大した痛痒《つうよう》も感じてないようだった。チリルはそこで警戒心を最大まで引きあげた。ここで冷静になり、敵の魔素量が小魔王クラスであることを理解する。

「キサマがサジブの村とスルタンの町を襲ったのか？」

「うーん、知らない名前だけど、村と町なら襲ったかな」

ミノタウロス族の屍《しかばね》の上に立ったヴァンパイア族の少年は、くりくりとした目を器用に動かして、邪気のない笑顔を向けていた。チリルはその目に、言い知れぬ狂気を見た。

「……何が狙いだ？」

「え〜、狙い？　そんなのないよ。しいて言えば、邪魔だからかな」

邪魔だから村や町を滅ぼした。目の前の相手はそう言っている。チリルはギリッと奥歯を噛みしめた。

「ならば、ここで死ね」

特殊技能の『憤怒《ふんぬ》』は、自身の力を高めることができる。『咆哮《ほうこう》』は相手の心を萎縮させ、力を削《そ》ぐ効果がある。ミノタウロス族のギガント種であるチリルには、それを併せ持った特殊技能『憤怒咆哮』が使える。自身の力が大幅に上昇し、敵と認識した相手の力を大幅に下げられるのだ。

――ブボォオオオオオオオオ！

チリルの咆哮が城全体にこだました。肌を赤銅色に染め上げ、躍動する筋肉が膨れあがった。

「どうだ！　これっ……でっ……え？」

小魔王チリルの首から大量の血が噴き出した。

「あれ？　首が落とせなかった？　うーん、どうしてだろ。威力は十分だったんだけどな」

なんでゴーランみたいにできないんだろ……チリルの耳に、そんな独り言が聞こえた。まるでこちらはどうでもいいかのような態度だ。

斬られたのは左の首筋。そこからいまも血が流れ出している。

「ふんぬっ！」

筋肉で止血し、あらためて目の前のヴァンパイア族の少年を見る。いつ取り出したのか、巨大な剣を握っていた。それはチリルの持つ戦斧《せんぷ》と比べても遜色のないものだった。

「あれれ？　面白いことをするね」

血を止めたことを言っているのだろうか。目の前の敵は自分より強い。そう思ったチリルは、一撃にすべてを賭けることにした。先ほどから、城門の音がどんどん大きくなっているのだ。

チリルは戦斧の柄を強く握りしめ、全身に力を巡らす。

――ズズーン！

一際大きな地響きが大地を揺らす。城門が破られた。チリルはすぐにそれを理解した。

「ようやくだよ、も〜、遅いんだから」

このままだと、敵が殺到する。その前に戦いを終わらせなければならない。そう思ってチリルが一歩踏み出したとき、目の前の敵は場違いなほど陽気な笑顔を向けてきた。

「じゃ、いい時間になったみたいだし、ボクのために死んでくれる？」

――ワイルドハント　ネヒョル

力自慢のミノタウロス族は魔法が使えない。斧を好んで使用し、肉弾戦を得意としている。ただし、魔法に対する耐性は高い。

高位の種族だからか、防御に関して、明らかな弱点は存在していない。

「さすがギガント種だね。ちょっと手こずっちゃったかな」

大幅に増加した魔素がなかったら苦戦しただろう。ネヒョルはそう感じた。それでもいまのネヒョルならば、少々やりにくい程度の相手だ。

ギガントミノタウロス族の身体がどうと倒れた。直後、周囲にいたミノタウロス族たちが恐慌状態に陥り、算を乱すように逃げていく。それをやってきた黒衣の集団が次々と狩っていく。

ここからは一方的な展開だ。ネヒョルはそれに目もくれず、城の一番高い場所を目指す。

「これで小魔王チリルの国は落ちたっと。次はどっちに行こうかなぁ」

ネヒョルは好奇心いっぱいの表情で、城の高みから遠くを展望する。


城内の敵を殲滅し終えたワイルドハントの一団は、部下を引き連れて城を出発した。

このあと城にやってきた将軍たちは、城の惨状に驚き、小魔王チリルがすでに倒されたことに猛烈な怒りを覚えることとなる。自分たちがここにいればと思うものの、これだけ見事な襲撃ならば、自分たちがいたところで結果は同じだったのかもしれない。いや、これは敵の奇襲だ。迎撃側がしっかりしていれば、結果はまた違ったものになっただろう。そんなことを考えつつ、すべての将軍が集まったとき、誰かが言い出した。

――それで次の王は誰になるんだ。

小魔王チリルが倒され、敵は去っていった。つまりこの地を治める王が必要である。

これより将軍たちは王の座を巡って反目し合い、内戦状態に突入する。将軍が軍を率いて他の将軍を襲い、漁夫の利を狙って別の将軍があとから参戦する。国内の混乱が最高潮に達したとき、隣国が襲撃を開始してきた。これにより、内戦が一転して防衛戦へと早変わりしていく。小魔王チリルの国は、王が倒れたことによって混迷を深めていく。

――魔王トラルザードの国　メラルダ

魔王トラルザード軍と魔王リーガード軍の攻防は、長い間一進一退である。いまだ決着を付けるに至っていない。だが、魔王国どうしの戦いはこんなものである。総力戦を行えば、勝った方とて大ダメージを受ける。そこを他の魔王国に狙われたらひとたまりもない。局地戦をしつつ、敵戦力を減らしていくのが常となっている。

そんな中、前線を離れた将軍メラルダの軍は、自国に帰らず、軍を東に向けた。東には小魔王国群が存在している。攻め込めば簡単に手に入るが、その先には大魔王国が控えている。小魔王国を併呑して大魔王国の隣まで国土を広げるより、周辺の魔王国と雌雄を決した方がよい。ゆえに魔王トラルザードは、これまで軍を東に展開したことはなかった。今回が初である。

そのため、小魔王国群の慌てようは凄《すさ》まじいもので、逆にこちらへ攻め込んでくるのではと思わせるほど、反応は劇的であった。

「……なに？　小魔王チリルの国が落ちたじゃと？」

城からメラルダ宛に使者がやってきた。伝えられた内容は、驚愕《きょうがく》に値するものであった。

「それで国はどうなった？」

「王が不在ゆえ、混乱が起こっているとのことです。このままですと将軍どうしが争い、その余波は他国にまで広がるのではと予想されております」

「……ふむ。御苦労であった。休むがよい」

すべての報告を聞き終え、メラルダはその端正な顔をゆがめた。魔王リーガードとの戦いは、過去よりずっと続いている。この先も変わらないだろう。魔王ジャニウスは、魔王ギドマンとの戦いに忙しく、こちらに気を配る余裕はない。ゆえに小魔王国群へ軍を派遣する余裕があった。だがチリルが倒され、国の西側が混乱すれば、魔王トラルザードは、そちらにも気を配らねばならなくなる。兵も有限、将軍も有限である以上、多くの戦線を維持する余裕は、トラルザードの国にもない。人材は豊富だが、守るべき国土も広く、敵も多いのだ。

「西の混乱は必至か」

同格の将軍どうしが争うならば、戦いは長期化するだろう。お互いに手の内を知っているならば、尚更《なおさら》だ。それを黙って指をくわえている他国ではない。他の小魔王国が、これ幸いと介入してくるはずだ。

西の混乱は確定した。それがいつまでなのか分からない。影響が限定的ならばいいが、周辺の魔王国を巻き込むようだと、大変なことになる。

「……それと、一体誰が小魔王チリルを倒したかじゃな」

その情報はまだ掴めていないらしく、報告にはなかった。何者かによって倒されたとしか分かっていない。

仮にもチリルは小魔王である。簡単に倒せる者など、そうそういない。メラルダはとある会談で挙がった名を思い出したが、首を振って追い払った。予断で判断を下していい内容ではない。

「西にも目を放っておく必要がありそうじゃ」

メラルダはそう独りごちた。

――小魔王メルヴィスの城　ファルネーゼ

太鼓が景気よく打ち鳴らされ、城に集まった群衆の歓声が空に轟《とどろ》いている。出陣の合図である。

小魔王メルヴィスが眠りについてからというもの、このような派手な出陣式はついぞ行われていなかった。将軍ファルネーゼは、数人の部下とともに、城のバルコニーから城下を眺めている。

「異様な熱気に包まれているな」

幾年ぶりかとファルネーゼは呟いた。部下たちは礼儀正しく、無言で上官の話を聞いている。これから将軍ゴロゴダーンの軍勢が城を出る。城下に集まったのは住民ばかりではない。戦争は物入りで、商人は儲《もう》けに敏感である。多くの商人が商品を抱えて、城下に集まっている。その中には小魔王レニノスが放った間者もいるだろうとファルネーゼは考えている。厳しく精査すれば商人はここを離れ、二度と戻ってこない。別の国に赴いて、この国の情報をタダで放出する。魔界の住人はやられっぱなしということはない。やられたらやり返す。それは商人でも変わらない。

「どれだけ潜ませたか分からないが、せいぜいたくさんの情報を持ち帰ってくれ」

ゴロゴダーンの出陣はすぐにレニノスの知るところとなる。レニノスの国は現在、城にレニノスが鎮座し、南は大狒狒族のムジュラが守っている。北のファーラの国付近には、ノスフェラトゥ族のトトワールがいると報告にあった。ゴロゴダーンが国境を越えれば、ムジュラとぶつかることだろう。ムジュラがどこで待ち構えるか分からないが、国境を越えたらすぐに動き出すはず。ゴロゴダーンは予定通り派手に進軍し、決して深入りしない。戦場は国境付近となるはずである。

「その間に私たちがレニノスの国を落としてやるさ……準備はできているな」

ファルネーゼは、副官のアタラスシアに聞いた。

「問題ありません。準備は完了しています」

「そう。決死隊の人選は？」

「予備を含めて十名、選び終えています」

「ならばいい。ゴロゴダーンが国境を越えたら、多くの目はそこに集中する。その隙に出かけよう。準備はできているか？」

「はい。いつでも大丈夫です」

今回ファルネーゼは、魔王トラルザードに対するため、南にいることになっている。事実、多くの兵を南に移動させている最中である。もちろんこれはフェイク。南の小魔王国群と同じ準備をしているように見せかけただけだ。

ファルネーゼ自身はこのあとすぐに、少数精鋭でレニノスの首を落としに行く。その際、少しでも生存確率を上げるため、様々な準備を施した。決戦の場に赴くのは五名。予備としてもう五名連れていく。

小魔王レニノスは、巨人種のヘカトンケイル族である。とにかく大きく、とにかく強い。頑丈にもほどがある。ファルネーゼの爪や牙は通用しないと見ている。浅手は与えられるかもしれないが、それだけだ。魔素量の差を考えれば、それだけでもすごいことだろう。ゆえに、フェリシアとどうすれば勝てるのか、連日会議を行ってきた。

今回使用するのは『毒』。物理と魔法に強い耐性があるヘカトンケイル族に、通常の戦法は意味をなさない。ゆえに考えたのが毒攻撃である。強力な毒霧を周囲に散布する。霧から気化した毒ガスで、身体の内部を腐食させる作戦だ。もちろんファルネーゼもそれを吸い込むことになるが、あらかじめ解毒の薬を飲んでおくし、もともと夜魔種は毒に対して特大の耐性がある。肉体をもたないレイス族ほどではないが、死神族より上である。ゆえに毒霧を撒《ま》いたとして、重大なダメージを受けるのはレニノスのみとなる。

「そしてこれか……」

ゴーランに「何かいい案はないか」と尋ねたときに返ってきた答えがこれであった。

――拘束具
ヘカトンケイル族は大きいゆえの反動か、機敏に動くことができない。通常の一撃が必殺技にも相当するため、速度で敵を撹乱《かくらん》する必要がないのだ。動きが遅いなら、もっと遅く……動けなくさせればいい。そうゴーランは言った。たしかに動きを封じれば、採れる作戦の種類は増える。

ファルネーゼはすぐさまゴーランの案を採用し、相手の行動を阻害する鎖を作ろうとした。そこに待ったをかけたのがフェリシアである。

「でしたら、簡単に外れないものを作ってはどうでしょうか」

そう提案されて、最終的にできあがったのは、頭からすっぽりかぶせる拘束具だった。もちろん頭からかぶせるなど、容易にできることではない。そのために用意したのは煙幕と決死隊のメンバーである。

視界がふさがれても巨大なヘカトンケイル族の身体を隠すことは難しい。一方、ヴァンパイア族は煙に紛れることができる。

そしてファルネーゼが最後に求めたのは武器である。それも絶対的な破壊力をもつもの。

「……これね。いい感じだ」

ヴァンパイア族の膂力《りょりょく》があって初めて使える金属製の杭《くい》。杭にしてはいささか……いや、かなり太い。先端は針のように尖《とが》っている。これを頭に突き刺せば、さしもの小魔王とて致命傷は免れない。それでも、ここまでの準備をして初めて互角。何か歯車が狂えば、優位など容易にひっくり返る。ゆえにファルネーゼは気を引き締める。

「さて私たちはこっそりと行こうじゃないか」

空を飛んで移動できるヴァンパイア族に道は必要ない。あとは闇夜を待って移動すればいい。

すでに賽《さい》は投げられているのだから。

*

俺たちは小魔王ファーラの国に入った。一、二回は見つかるだろうと戦闘を覚悟したが、運よく見つからずにたどり着けた。

「これはあれだな、成功しろとガイアが俺に囁《ささや》いているな」

「……別に何も聞こえませんけど」

副官のリグが地面に耳を当てている。真面目に受け取られると俺が困る。

「よし、いまから方針を話す」

いくつかの策を用意してきた。

正直、どうなるか分からなかったので、最悪の状況すら考えてきた。

「おう、ようやく暴れられるな」

「楽しみだね～」

駄兄妹はやる気だ。俺はここで「馬鹿！　戦うんじゃなくて、姿を見せて逃げるんだよ！」と叱るところだ。

だけど待ってほしい。ここまでうまくいったのだ。少しだけ欲を出してもいいかもしれない。具体的には、駄兄妹が言うように戦ってみるとか。

「正体がバレたり、敵に追われるなど、いろんな事態を想定していた。だが、いまだどこの目にも留まっていない。これは好機だ」

全員の反応を見る。黙って聞いているが、おそらく分かっていない。

「俺たちは予定通り、レニノスの軍のフリをしてファーラ軍を国境付近までおびき寄せる……予定だったが、ここは欲張ろうと思う。何をすると思う？　ファーラ軍を蹴散らしてやるんだ」

俺がそう言った直後、歓声が爆発した。もちろんすぐに静かにさせたが。

ファーラ軍が国境を越えるまで、何度も姿を現しては逃げるを繰り返す予定だった。だがこの作戦は時間がかかる。多眼獣をやり過ごすために二日も犠牲にしてしまった。かわりにファーラ軍にもレニノス軍にも見つかっていない。これは奇襲がかけられるんじゃなかろうか。

俺たちはトトワール軍のフリができる。トトワールはレニノスの国の将軍で、幽鬼種や夜魔種など、地球でいうところのアンデッド系を率いている。このボロ布をかぶって戦い、素早く逃げ出す。そうすればファーラ軍は、たった一度の遭遇で国境を越えるのではなかろうか。

「作戦を伝える。俺たちはこのヒラヒラした布をかぶって、ファーラ軍に奇襲をかける」

「え～？　邪魔だろ」

サイファが真っ先に反対してきた。いま頭からすっぽりと布をかぶり、目だけ出している状態だ。これはオーガ族も死神族も同じ。

「バレるまではこれでいく。うまくすれば、ファーラとレニノスの全面戦争を引き起こせる……かもしれない」

さすがにそこまで楽観はしていない。だが、奇襲なら成功する確率が高く、被害を受ければ、国境を越える可能性が高まる。ファルネーゼ将軍が失敗した場合、もしくはレニノスが死んで、この国が分裂した場合に備えて、ファーラ軍という布石を打っておきたい。

「よく分からねえけど、この格好で戦えば、いい、いいことが起きるんだな？」

「そういうことだ。やってくれるか？」

「ゴーランが大将だ。俺はいいぜ」

「あたしも～」

他のオーガ族も問題ないらしい。というか、毎日一緒にいて気がついた。なんか俺、オーガ族どころか、死神族にまで恐れられている。フレンドリーに話しかけたら、ビクビクされてしまった。若くて体力がある連中を選んだので、フレンドリーに話しかけたのだが。あれか？　この数ヵ月、念入りに特訓を施したからか。いや、全員まとめてかかってこいと、無双したのがいけなかったか。誰も死んでもらいたくなかったので、毎日足腰が立たなくなるまで面倒を見たのに、懐いてくれないなんて、まったく薄情な連中だ。

それはいいとして、死神族は戦って勝つしか、生き残る道が残されていない。レニノスが俺たちの国を占領すれば、死神族の居場所がなくなる。つまり俺たちと死神族は一蓮托生《いちれんたくしょう》。こういった作戦をともにすることで、種族を超えて親しくなればいいのだが……なんで俺を怖《おそ》れるんだ？

「もう一度言う、この格好で砦《とりで》を攻める。できるだけファーラ軍にダメージを与えて撤退するぞ」

レニノスとファーラの国境は砦だらけだ。少しでも見落としがありそうな場所には砦をつくり、兵を置いている。砦はそう大きなものではない。百人も入れれば、いっぱいになりそうだ。それが十も二十も存在している。

いま気をつけるのは、襲撃前に見つかることだ。それと死者や捕虜が出て、こちらの意図に気づかれること。いずれバレるのは構わないが、それはできるだけ遅らせたい。

「そういうわけで、敵の少なそうな砦を探す。見つけたら、夜に襲撃するぞ」

「おっしゃ！　ぶっ飛ばすぜ」

「腕がなるねえ～」

アップを始めた駄兄妹を眺めつつ、俺は将軍からもらったばかりの太刀の感触を確かめた。

コボルド族を偵察に出し、いくつかの候補を見つけた。

「……よし、ここにしよう」

それは三方を崖に囲まれた砦だった。砦までの道は一本のみ。ゆえに近づけば目立つ。

「ペイニーできるな」

「はい。問題ありません」

死神族に先行してもらう。なぜか知らないが、魔界の住人は、あまり搦《から》め手《て》を使う習慣がないらしい。敵の裏をかくのはよくやっているのだが、それとどこが違うのか。不思議とこういう発想が浮かばないのだ。

襲撃予定の砦は石垣と丸太でできている。丸太は重量があり、攻撃に耐えるのはいいが、いかんせん場所を取る。必然、砦の中は狭くなっているはずだ。これは予想だが、敵の数もそれほどではないと思っている。

砦を落とすとき、敵を何人か残す。それだけで俺たちの襲撃は意味を持つ。ファーラ軍が出てきたら、こっちのものだ。どうしたって、レニノスの軍は国境を警戒せざるを得ない。

「さあ、夜を待って出発だ」


真夜中、砦にほど近い森の中に俺たちはいる。

「ペイニー、頼むぞ」

「はい、ゴーラン様。任せてください」

死神族が十体、そっと森を抜け出した。

月明かりの下、ペイニーたちは砦に忍び寄る。さすがは幽鬼種。監視がいるはずだが、見つかることはなかった。

「いいか、お前ら。門が開いたら一気になだれ込むぞ。砦には数倍の兵がいるが、ほとんどは寝ているはずだ。見つけ次第蹴散らしてやれ」

作戦は至極単純。死神族が数体、砦の中に入り、そっと門を開ける。もちろんその時点で敵に気づかれるが、先に向かったペイニーたちが門を死守する。その間に俺たちがなだれ込むという寸法だ。ペイニーには無理をするなと伝えてある。もし見張りが多ければ、撤退するように命令した。

「……まだか」

じりじりと時間だけが過ぎていく。森の中から砦を窺うが、門が開かれた気配はない。振り返ると、布をかぶったサイファたちオーガ族がじれったそうに身体を揺すっている。

今回の襲撃、まず失敗しないと俺は思っている。だがもし、中に強力な個体がいたらと考えると、嫌な汗が止まらない。ここでの敗走は、作戦全体に影響を及ぼしてしまう。俺は飛び出したくなる衝動を抑え込み、門が開かれるのをじっと待った。

額から流れ出た汗が地面にシミをつくり始めた頃、ゆっくりと内側から門が開かれた。作戦成功だ。……よし！　機は熟した。あとは突っ込むだけだ。

「お前ら、いくぞ！」

「「「うぇーっす！」」」

俺は駆けだした。背後からオーガ族と死神族が雄叫《おたけ》びをあげながら追従してくる。

「……ちょっ、声！　出てる！」

黙って突撃すれば、侵入までの時間が稼げたのだが……もう遅い。突撃の鬨《とき》の声《こえ》は、砦にも聞こえたことだろう。

「ええい、ままよ！」

俺は金棒を振り上げた。もう行くしかない。

「ヒャッハー！」

門内に駆け込むと、オーガ族たちは邪魔な布を取り払った。

「ちょっ、おまっ!!」

台無しだ。こいつら、完全に我を忘れている。結局、くどいほどに念を押した偽装工作は突入した瞬間に潰《つい》えた。

「いっけぇえええええ！」

ここまで来たならしょうがない。

もう、奴らのやる気を削がないよう、好きにやらせた方がいい。

オーガ族は奥まで突撃し、死神族は中庭で敵を確実に仕留めている。

「金目《きんめ》オーク族か」

城の上でゴブリン族が騒いでいるが、戦闘に加わる様子はない。建物の中からやってきたのは、豚顔に長い牙を持つ金目オーク族だった。彼らの瞳は金塊を流し込んだような金一色で、暗闇でもよく目立つ。ただのオーク族よりは強いが、もちろん俺たちオーガ族よりも劣る。

「……ここは安心して任せられるな」

連れてきたのは、オーガ族の中でも精鋭だ。死神族は上位種族であり、奇襲なら戦闘面で後れを取ることはないだろう。そう思っていたら……。

――ババン、バババン
「しまった！ 雷砲《らいほう》か」

魔界には銃も大砲もない。おそらく発明されていないのだろう。銃弾より肉体の方が強固だから、あっても広まらないと思う。ただし、火薬は存在している。戦争での使いどころは、いまのような音を出すだけ。爆竹だ。玉を筒に込めて飛ばすなんて発想はない。

――ババン、バババン……ババン、バババン山の上にあったために、雷砲の音が響き渡った。これで近くの砦に伝わってしまった。火薬は高価なしろものだ。こんな辺鄙《へんぴ》な砦に置いてあるとは思わなかった。だが、レニノスとの国境を見張るには必要だったのだろう。

「ゴーラン様、どうします？」

ペイニーがやってきた。

「すぐに空から物見が来るだろう。撤退する姿を見られたくない。もう少ししたら撤収するぞ」

「分かりました」

隣の砦からならまだ少し時間があるが、モタモタしていると姿を見られてしまう。

「問題はどこへ逃げるかだ」

もときた森へ向かったあと、そのまま直進するとレニノスの国に行くことになる。ファーラの軍隊をおびき寄せたいので、国境を越えるのはまだ早い。

「奥へ行くか」

危険度は跳ね上がるが、ファーラの国の奥深くへ入り込むことに決めた。

「脱出するぞ。全員俺に続け！」

「「「うぇーっす！」」」

ファーラ軍もまさか自国の奥深くへ逃げるとは思わないだろう。思わないでほしい。

俺たちは闇に紛れて撤収を開始した……といっても最初はもとの森へ向かい、森の中で弧を描きながら進む。視界が開けたとき、いくつかの砦が明るく瞬《また》いていたのが見えた。たいまつを燃やしているのだろう。

「俺たちはこのまま進むぞ」

警戒しているのは国境側のはず。俺たちはファーラの国を悠々《ゆうゆう》と進み、昼前には人目につかない安全地帯を見つけた。

「もうひとつくらい砦に襲撃をかけるぞ。それまではよく休んでおけ」

俺はごろりと横になった。

その日の夜、俺たちは街道から外れた小さな砦をひとつ落とした。この砦まで襲撃の知らせは届いていただろうが、とくに警戒していた様子はなかった。

前回と同じように死神族が先行して、中から門を開けてもらった。ここの砦を監視していたのはゴブリン族だった。彼らは戦闘に向かない種族だが、数が多く、魔界中に生息している。こういった仕事を任せるのにちょうどよいのだろう。門からなだれ込んだ俺たちが砦内を蹂躙《じゅうりん》していたとき、大きな翼の音が複数聞こえた。空を飛べる種族が援軍を呼びに飛び立ったのだと思う。やはりこの辺の連絡手段は簡単に潰せないようだ。ぐずぐずしていると、空から奇襲を受けてしまう。

「ようし、撤収だ！」

ほどほどが一番。俺は部下をまとめて、脱出を図った。

――ワイルドハント　ネヒョル

「あれれ？　もうおしまい？」

ネヒョルは両手を頭の後ろで組み、余裕をもって相手を見つめた。見つめられた方はネヒョルに軽口を返す余裕もない。ただ射殺さんばかりに睨むだけ。それが精一杯の抵抗だった。

ここは小魔王リストリスの国の要塞都市。ネヒョルは今回、リストリスを倒すべく、ワイルドハントの面々を連れて襲撃した。国境付近からゆっくりと城に向かって進み、部隊長や軍団長を複数撃破している。リストリスのいる城を攻略するにあたり、一番目障りとなっているのが、いまネヒョルがいる要塞都市である。

ここを素通りした場合、ネヒョルが城の攻略を始めたタイミングで後ろから襲われることになる。どうしても攻略する必要があった。この要塞都市を守るのは、リストリス麾下《きか》の将軍ブレイザール。ネヒョルはいま要塞都市を半ば攻略し、ブレイザールと一騎打ちをしている。

将軍ブレイザールは、蛇の頭が特徴的なオーフィル族である。寒さには弱いものの、毒などの状態異常に耐性を持ち、素早さと力強さがウリの突撃タイプである。それがもう満身創痍《そうい》。

「ねえ、そろそろいいかな？　もう十分だよね」

「……ッ!?」

両手の槍を構える暇すら与えず、ネヒョルの腕がブレイザールの胸を貫いた。心臓をひと突きである。

ネヒョルは腕を抜くと、そのまま首を薙《な》ぐ。胸と首筋から血を流し、ブレイザールは斃れ伏す。

「ひぃいいいいい」

これで勝敗は決した。将軍の部下たちは、少しでもネヒョルから離れようと、後ずさりする。

「もういいよ、やっちゃって」

ワイルドハントの面々が音もなく忍び寄り、周囲の敵に致命的な一撃を与えていく。

「うーん、やっぱりここの敵も予想の域を出なかったね」

目の前で殺戮《さつりく》が行われているというのに、ネヒョルは我関せずで、窓からある一点を眺める。

ネヒョルの視線の先には、小魔王リストリスの城がある。そこを守る最後の障害は、いま取り除かれた。

「やっぱり将軍クラスじゃ、ボクの予想を覆してくれないね。他に敵はいないみたいだし……やっぱりゴーランが特別だったわけか。惜しいことしたかな」

飽きるほど生きているネヒョルにとって、わずかな寿命しか持たないオーガ族など、本来記憶の隅にすら留《とど》めておく必要がない。だが、あの一戦以来、ネヒョルはちょくちょくゴーランのことを思い出す。

「会いたいなぁ。会いに行っちゃおうかな」

あれからゴーランは、また強くなったかもしれない。だったら、刈り取ってもいいのではないか。ゴーランの全力は、ネヒョルもまだ味わったことがない。今度は自分も全力で戦ってみたい。そうしたら、ゴーランはどんな手札を切ってくるのか。それを夢想するだけで、ネヒョルは身体がムズムズした。

小魔王チリルを倒したことで、現在チリルの国は麻の如く乱れている。残された将軍が相争い、国内の覇権をかけた戦いが毎日どこかで発生している。その報せを聞きつけた小魔王リストリスは、好機とばかりに将軍を派遣した。漁夫の利を狙ったのである。まさか、その隙に自国が攻められるとは思わなかった。守りの要であったブレイザールはもはやいない。

多くの兵を隣国に侵攻させた小魔王リストリスに、ネヒョルのワイルドハントが迫る。

――小魔王レニノスの国　将軍ファルネーゼ

将軍ゴロゴダーンが多くの耳目を集めて城を出発した。それを見届けたあと、ファルネーゼは密かに国境を越えた。夜に移動して昼は休む。その繰り返しで、ようやく小魔王レニノスの城付近までたどり着いた。

「小魔王レニノスを倒す準備はできている。問題は突入するタイミングだ」

夜を友とするヴァンパイア族ならば、夜間戦闘は得意中の得意である。空を飛べるため、直接城の中へ侵入することもできる。ただし、相手は小魔王レニノス。多数の精鋭が城を守っている。城に常駐している兵は多く、また強い。少しでも時間をかければ、すぐさま包囲されるだろう。

「明け方の一番暗い時間帯を狙おう。城は大きい。固まって進むぞ」

城内の情報は入手できなかった。時間がなかったため、城内を知る者と接触できなかったのだ。

ファルネーゼは連れてきた者たちを見る。ここにいるのは全部で十名。今回のレニノス戦では、この中の五人を選んで戦わせるつもりである。多くの準備を終えたが、それでも勝率は五割に届くかどうか。その上、援軍がやってくる前に事を終わらせなければならない。

「時間が勝負だぞ」

ファルネーゼの言葉に全員が頷く。

「よし、行こう」

城を見下ろす崖の上から、ファルネーゼたちは飛び立った。できるだけ上昇し、見張りに見つからないように飛ぶ。目指すは城の頂上《てっぺん》。ファルネーゼは飛びながら、眼下の城を確認する。庭や建物の周囲を二十名ほどの兵が巡回している。中も同じように見張りがいることだろう。

「一度も戦闘しないで進むのは無理そうだな」

最低限の戦闘だけでも、どのくらいの時間がかかるか。ファルネーゼとて、小魔王メルヴィスの国の将軍である。強さには自信がある。だがここはレニノスのいる城。自分クラスがゴロゴロいたとしても不思議ではない。

「……音を立てるなよ」

城に降り立ったあとは、気配を消してゆっくりと進む。

——ぐえっ！

兵がいた。出会い頭に爪で刺し殺す。下っ端の巡回兵ですら、部隊長クラスの実力があった。ファルネーゼは気を引き締める。

「誰だ!?」

暗くて長い廊下を進んでいるとき、誰何《すいか》の声が奥から聞こえてきた。

ファルネーゼは駆けだした。

「敵襲だ！」

駆け寄ってすぐに止めを刺したが、その前に叫ばれてしまった。

これで巡回兵が次々やってくる。

「走るぞ。ついてこい」

隠密している場合ではない。ファルネーゼは城の中を駆けだした。城の構造など、自国とほとんど変わらない。勘を頼りに、レニノスがいそうな場所を目指して駆ける。途中出会った敵を殺し、部屋をいくつも抜け、ついに王の間に到着した。そこにいたのは……。

「大狒狒族だと⁉」

なぜか王の間には、将軍ゴロゴダーンと戦っているはずの、将軍ムジュラの姿があった。

第三章　敵地で大激突

俺たちの目標は、小魔王ファーラの国で暴れて、軍を引っ張り出すことだ。ファーラ軍が動いたら、レニノスだって軍を動かさずにはいられない。きっと将軍を派遣してくる。

そんな感じで隠密作戦を敢行したら、首尾よくファーラの国の砦をふたつ襲撃できた。ただし、レニノスの国方面には逃げられなかった。

逃亡から一夜明けて、ただいま真っ昼間。俺たちは途方にくれている。どこにいるか分かっているし、進むべき先も分かっている。ただし、行きたい方角へ行けない。レニノスの国方面には、敵の捜索隊がウロウロしているのだ。

「本当に対応が早いな。それによく訓練されてる」

とにかく敵に見つかったらお終いだ。捜索隊から離れる方向――ファーラの国の奥深くへと進んでいる。こんなに進んで大丈夫かというくらいに深く、奥へ……泣いていい？

「ここで休もう」

大きな岩の陰に集まり、休憩する。一息ついたら、今後の方針を考える。

「ちょっと聞きたいんだが、砦だけじゃなく町からも兵が出ているのは、どうしてだと思う？」

俺たちが襲った砦はふたつのみ。てっきり近隣の砦から捜索隊が派遣されると考えたのだが、実際は違った。どこかの町から増援部隊がやってきたのだ。これはヤバいと思ったときにはもう、監視の目が厳しくなっていた。

「砦の襲撃で、翼の音が聞こえたと言っておりましたが、あれが町に知らせに向かったのだと思います」

「まあ、そうなんだろうな。だが、そんなにすぐ動くものなのか？　明け方から動き始めたってことは、夜中に準備していないと間に合わないぞ」

「さあ、私にはなんとも……」

副官のリグにも分からないらしい。大部隊が俺たちの捜索を開始したため、逃げ場がなくなってしまった。「草の根分けても捜し出せ！」と命令が出たのかと思うほど、念入りに捜している。必然、奴らから遠ざからざるを得なくなり、どんどんと深みにはまっている。

「レニノスの国は大きいからな。ずっと大回りして帰ってもいいんだが……」

このままコソコソと帰ることはできる。だが今回の目標であるレニノス軍を国境へと近づけることが達成されない。

「こんなことなら、適当にレニノスの町や砦でも襲ったらよかったんじゃねーの？」

サイファがそんなことを言った。それは俺も一瞬考えたが、その作戦には致命的な欠陥がある。

「俺の部下はオーガ族と死神族だよな。それがレニノスの町を襲ったら、すぐに俺たちの仕業だとバレる」

レニノス軍とは、見晴らしの丘で二度も交戦している。こちらの種族構成はバレている。まったく同じ種族が北に出没したら、わざわざ大回りしてまで、何か企《たくら》んでいると教えるようなものだ。

敵の将軍を引っ張り出すには、やはりファーラ軍の侵攻というインパクトが必要だ。

「俺たちだとバレると、そこらの部隊長を寄越してお終いだぞ」

分かりやすく説明すると、サイファは「弱いってのは悲しいな」と理解を示した。しかも真に迫っている。最近、サイファが達観することがよくあるが、人生に疲れたのか？

「さて、仮定の話はここまでとして、どうすればいいと思う？」

ファーラ軍が出てきたのはいいが、逃げ場がなくなった。正確には、南へ行くことができなくなった。

「夜まで隠れて、闇に乗じて逃げ出すしか、方法はないと思います」

「リグの言うことは正しい。ただ、夜まで隠れていられるか？」

「なんで？　森に入っちゃえばいいんじゃないの？」

ベッカが不思議そうに尋ねてきた。

「遠目に見ただけだが、町から出てきたのは樹妖精種や妖精種が多い。森で彼らの目をごまかせるとは思えない」

「そっかぁ。……じゃ、ずっとここにいれば？」

「ここは岩場だし安全だが、飛行種が近くに来たら、一発で見つかる」

そもそもこんなに奥へ入りこむつもりはなかった。

「もっと奥に入ったら？」

「ファーラ軍をレニノス軍に見せるのが狙いなんだ。あまり国境から外れたら、ここまで来た意味がなくなってしまう」

「そっかー……じゃ、いまから敵を蹴散らして帰ろうよ」

「おまっ！」

結局最後はその案か。オーガ族に任せると、そういう結論になるだろうなとは思ったさ。

「できるだけ安全な方法を選択したい。ファルネーゼ将軍がレニノスを倒す間だけでいいんだ。うまくこっちの情報が伝わって、レニノスが軍を出発させたという事実があるだけで、俺たちの行動は成功だと思っている」

ファルネーゼ将軍ならば、脱出したあとも、追っ手を撒くことくらい容易いだろう。

「なら早くレニノスの国へ行った方がいいんじゃねーの？」

「それはそうだが、安全性がな……」

いま動いたら、一時間もしないうちに見つかってしまう。ここにいたら、数時間以内に同じ結果になりそうだけど。

「ゴーランなら大丈夫だ。行くっきゃねえって！」

「そうよ。安全安心な場所なんて、幻想よ」

サイファとベッカが口々に言う。他のオーガ族も頷いている。

「お前ら…………戦いたいだけだろ！」

「バレたか」

「鋭いよねー、ゴーラン」

やっぱりか！　マジで戦いたいだけだったんだな！　くそう、ちょっとだけ見直して損した。

それでも起死回生の案なんて、まったく浮かんでこない。

「しょうがない。森と砦を抜けて、レニノスの国まで行くぞ」

「おっしゃ！」

「やったあ～！」

サイファたちにうまく乗せられた感もあるが、ここにいるよりかはマシだと信じたい。

俺たちは目出し布を頭からかぶった状態で森に入った。目指すは国境。

「……のはずなんだがな！」

結構早い段階で見つかって、絶賛追いかけられ中である。

「国境まで走るぞ。走れ！　走れ！」

オーガ族とゴブリン族には白い布をかぶせたまま、森の中を疾走させる。なんとなくバレバレの気もするが、ないよりマシなはずだ。死神族はそのままだが、遠目には同じ種族と思われるはず。

「砦と砦の間を抜けるぞ！」

とにかく町から出てきた捜索隊から離れるのが先決。森の中を移動するしかないが、妖精種たちに早晩見つかってしまう。いまは少しでも国境まで近づけ……。

――ピィイイイイ！

「おい、ゴーラン。見つかったぞ」

「分かってる！」

笛の音が高らかと鳴り響いた。

「ねえ、ゴーラン。どうすればいいのよ」

「走れ！　とにかく走れ！」

前部隊長のグーデンみたいだと自分でも思うが、しょうがない。

ここで足を止めたら追いつかれる。

「近づいてきます」

ペイニーが地面を滑るようにしてやってきた。というか、足がついてない。便利だな、死神族。

「どっから来る？」

オーガ族よりも死神族の方が、感覚器官が優れているらしい。俺には近づいてくる気配は感じられない。

「――えっと、左右からですけど」

「後ろから来て、次は左右かよ。もうとにかく、走れ！　走れ！　走れぇ！」

俺の語彙《ごい》が貧弱なんじゃない。それしか言う事がないのだ。

しばらくして、近くに矢が落ちた。

「速度を落とすなよ。いまなら抜けられる」

頭の中で地図を思い浮かべる。ちょうど砦と砦の間を抜けたはずだ。森はこのまま国境付近まで続く。このペースならなんとか抜けられそうだ。

「ペイニー」

「はい。なんでしょうか」

「前方に敵はいるか？」

「…………いえ、気配はありません」

「よし！」

レニノスの国にもこの騒動は伝わっているだろう。こんなに騒がしく移動しているんだ。国境を守っていて、見逃すはずがない。

「これで任務は果たせる」

ファーラ軍が動けば、レニノス軍だって動く。俺たちはレニノスの国に逃げ込んだあと、隠れながら国まで帰ればいい。

「よし。ここからは国境まで草原だ。後ろから矢が飛んでくるかもしれないぞ、気を抜くなよ！」

「「「うぇーっす！」」」

俺を先頭にちょうど三角形の形になっている。まるで突撃陣形のようだが、それでいい。このまま国境越えを……って。

「ちょっ、ちょっ！　なんだあれ!?」

――目の前に大軍が現れた。

「レニノス軍のようです」

「分かってる！」

つい、リグに怒鳴ってしまった。これから攻め込む直前のように、すでに陣形が完成している。いつからここに軍を展開させていた？

「あれは横陣《おうじん》ですね」

「だから分かってるって！　なんだって急に現れやがったんだ！」

意味が分からない。俺たちがかき回して、ファーラ軍がようやく動き出したんだぞ。なんでレニノス軍が整列している？

「おい、ゴーラン。このまま行くとやべーぞ」

サイファがいま、いいことを言った。いま俺たちは矢の鏃《やじり》になって突っ込もうとしている。相手は盾だ。抜けられるとは思えない。

「ぜっ……全員、反転しろぉおおおおお！」

両足で急ブレーキをかけて、もと来た道を全速力で戻った。

「おそらくですが、ゴロゴダーン将軍が動くという報せを摑んだ直後に、軍を国境に派遣したのではないかと」

「だろうな。俺たちが国境を進んだときに現れた連中……あれもそうだったんだろ」

想像以上にレニノスは慎重な奴らしい。戦争前に周辺諸国をちゃんと警戒できる小魔王だ。

「ねえ、反転したのはいいけど、前にも敵がいるわよ。どうすればいいの？」

最後尾にいたベッカがいま、先頭を走っている。

「前にいるのは、町や砦からやってきた連中だ。そして後ろにはレニノスの大軍。前のあれを蹴散らして抜けるしかねえ！」

敵を蹴散らして森にもう一度入るしか、生き残る道はない。

「なんか、適当だな」

「まさかもうレニノス軍が展開しているとは思わなかったんだよ！」

想定外にもほどがある。幸い、前方にいるのはゴブリン族と火狐《ひきつね》族だ。蹴散らせばいい。

「……よし、森が見えた。あの森へ全速力で突っ込……めええええ!?」

森の中から大軍が現れた。状況からして、俺たちを左右から追ってきたファーラ軍か？

「ゴーラン、こっちもやべーぞ」

「全員！　反転の反転だぁあああああ!!」

あれはヤバい。あの中に突っ込んだら死ぬ。先頭のベッカが急停止したので、後ろが詰まった。

将棋倒しになるが、モタモタしていられない。もと来た道をまた戻ることになった。

「おい、あっちにはレニノスの軍がいただろ」

「いた」

「どーすんだよ！」

「知るか！　後ろを見ろ。ファーラ軍が追ってくるぞ」

そう、ファーラ軍は俺たち目指して駆けだしてきやがった。俺たちは……必死にレニノス軍に向かって逃げている。

前方にレニノス軍、後方にファーラ軍。これは前門の虎、後門の狼ってやつか。

「ゴーラン、挟まれちまったぞ」

俺の予想が正しければ、ちょうど俺たちがいるあたりで両国の軍が激突する。そして俺たちはどこにも逃げ場はない。

「どうするんだよ、ゴーラン」

サイファの焦った声が聞こえてくる。さすがにこんな事態は想像したことがなかった。敵の到着まであと三十秒。いまから何ができる？　逃げる？　駄目だ。押しつぶされる。どちらか一方に突っ込む？　ただの自殺と同じだ。接触が多少遅れたところで、結果は変わらない。だったらどうする？　あと二十秒。考えろ！　俺ならできる。

「ねえ、ゴーラン。ヤバいって、コレ」

「考えている。ちょっと黙ってろ！」

あと十五秒。逃げるのは駄目、戦うのも駄目。あと他に何が……あった！　ひとつだけっ！　この窮地を脱出する方法が！　あと十秒。まだ間に合う。

「どうすんだよ、やべーって！」

「よし、サイファ。打開策が見つかった」

「ほんとか!?　信じるぞ」

「ああ、いくぞ！　秘技……――丸投げ!!」

『俺』は意識を手放し、『おれ』へと身体を明け渡した。

――ゴーラン　裏

「……ん？　『俺』の奴、急におれに身体を渡してどうし……でぇぇぇぇぇ⁉」

――激突まであと五秒。

「ゴーラン！」

「ねえ、ゴーラン。どうしよ」

――四秒、――三秒、――二秒。

「ゴーラン様ッ‼」

「『俺』の野郎ぉ～～～‼　逃げやがったなぁあああああ！」

――一秒、――激突。


暴れた。それはもう無茶苦茶暴れた。これ以上ないってくらい暴れた。

『俺』の記憶が確かならば、いま目の前で争っているのはレニノス軍とファーラ軍だ。おれたちはそれに巻き込まれている。

「いや……こうなるように仕組んだんだよな、『俺』の奴は」

両軍を嚙み合わせるなんて、相変わらずエグいことを考えやがる。と言っても、おれたちはその激戦のただ中にいるわけで、ここにいたら、どうあっても死は免れない。

「くっそう、覚悟を決めたぜ。こんな絶体絶命を任せてくれたんだ。せいぜいあがいてやるぜ」

『俺』のことだ、ここはおれと入れ替わった方が、生き残れると判断したんだろう。だったら、その期待に応えなきゃいけねえ。

「お前らぁ、おれに続けぇ！」

「「「うぇーい！」」」

おれが活路を開いて突き進む。そうすれば、残りの連中は必死についてくる。それでいいよな、『俺』。おれの身体の中で、何かが頷く気配がした。よし、死ぬ気でぶっ飛ばしまくるぜ‼

戦場はまるで生き物のようにうねっている。空いている場所を選んで進んだら、どっか見知らぬ場所に出た。途中、何度も手に持っている武器を振るったが、なかなかどうして、この太刀、いい切れ味をみせてくれる。

「橋が見えたぞ。お前ら、渡れぇ！」

「「「うぇーっす！」」」

吊り橋《つりばし》だ。しかも繊細に作ってある。これ、レプラコーン族が関わっているだろ。巨人族のようなデカい連中が渡れないよう、わざと狭く、細くしてあるのだ。町の近くにある橋と違って、こういうのは不便にしておいた方が、敵に使われなくていいからな。そして、危ないときには落とすのだ。下は崖だし、それだけで進軍できなくなる。

おれは橋に背を預けて、追っ手を幾度となく斬り伏せる。

「お前らも、早く渡れ！」

おれの左右には、同じオーガ族が奮戦している。たしか、サイファとベッカといったか。『俺』がよく転がしている奴らだ。

「そんなこといって、一人じゃ無理だろ。つかゴーラン。お前また魔素量が跳ね上がってるぞ」

「そうだよ。ここはあたしがバキーンと折って折って折りまくるつもりなんだから」

「いいから行け、これは命令だ。おれの命令が聞けないってのか？」

戦闘中だが、おれが睨むと、奴らはしぶしぶと従った。橋を守る戦力が一気に三分の一になったが、それは構わない。ほとんどの奴らは渡り終えている。

「おい、『俺』。仲間を守るってのは、おれも嫌いじゃないぜ」

最初おれは、『俺』の考えることが理解できなかった。弱い奴を守って、何がしたいのかと思った。意味ないことをしていると、中であざ笑っていたくらいだ。

「ゴーラン！　もうみんな渡ったよ」

「そうだぜ、お前も早く来いよ！」

ベッカとサイファが叫んでいる。どうやら、無事渡り終えたようだな。気づいたら、橋を渡っていないのはおれだけになっていた。ここでおれが渡ると、ちょっとツエーのに追いつかれる。最初の戦場で出会った大牙族だっけか。あれクラスがゴロゴロいやがる。こんな奴らに橋を渡らせたら、おれと『俺』が守る連中が減っちまうじゃねえか。

おれは手にした武器で、吊り橋のロープを断ち切った。緊急時、そうすることで橋を落とすようになっているのだろう。何の抵抗もなく、橋は崖の下に落ちていった。

「これでいい。さあて、ここからが本番だぜ。殺し合いを始めようじゃねえか」

悪いな、『俺』。どうやら生きて変わることができなくなったみてえだ。だけど、おれは後悔してねえ。『俺』もそうだろ？

身体の中から、歓喜の波が伝わってくる。どうやら同じ気持ちのようだ。なら、最後の大輪を咲かせてみせようじゃねえか。

おれは最大限の力でもって、吠《ほ》えた。

――ガァアアアアアア！

前は強敵の群れで、背後は崖だ。だがそれがいい。おれの戦いを見せてやるぜ。

――小魔王レニノスの城　ファルネーゼ

「なぜ、ムジュラがここにいる⁉」

ここは城の王の間。レニノスと戦うために向かってみれば、そこにいたのは将軍のムジュラ。レニノスはどこへ行った？

ファルネーゼの思考は千々に乱れた。城はヘカトンケイル族のレニノスに合わせて、かなり大きく作られている。巨大な王の間にいるのは、ムジュラを筆頭とした、狒狒族と大狒狒族の群れ。

ムジュラはゴロゴダーンの迎撃に出ていたはず。ゴロゴダーンは放置か？　そう考えたが、すぐに否定する。レニノスは慎重な男だ。敵を甘く見る愚を犯すタイプではない。もし城にレニノスとムジュラがいるならば、ここでは戦えない。小魔王二体を相手にしては、どうやっても勝てない。

「…………」

ファルネーゼはムジュラをじっと睨む。長い体毛の下からでも盛り上がった筋肉がよく分かる。巨軀《きょく》のわりに身軽に動くと聞いている。持てる策をすべて使えば勝てるかもしれないが、長期戦は必至。そしてここでムジュラを倒しても、あまり意味はない。

「……撤退する」

ゴロゴダーンのところにはノスフェラトゥ族のトトワールが向かったのかもしれない。となれば、北に戦力を向かわせる作戦が失敗したことになる。ゴーランのことだから大丈夫だと思うが、途中で何かあったのかもしれない。

ファルネーゼは部下とともに空中に舞い上がり、そのまま窓から外へ飛び出した。気になって城を見たが、空へ追ってくる者はいなかった。強者の中に飛べる者がいないのだろう。

城からだいぶ離れたところで、ファルネーゼはホッと胸をなで下ろした。

「……危なかったな」

レニノスにしか照準を合わせていなかったので、ムジュラのことは完全に想定外だった。

「二人の小魔王を相手にはできな……いや、待てよ」

ファルネーゼは考えた。王の間にいたのはムジュラで間違いはない。城にレニノスがいると考えたが、本当にそうだろうか。北を守るトトワールが南に行くとは考えにくい。だとすると、南に向かったのは？

「まさか、ゴロゴダーンのところにレニノスが行ってないよな」

同じ巨人種といえども、レニノスとゴロゴダーンでは格が違う。同種族が戦えば、得手不得手がほぼ共通な分、より上位の種族が勝つ。

「早く帰らねば」

翼を最大限に広げて、ファルネーゼは空高く飛んでいった。

＊

「もしかして、俺……生きてるのか？」

橋を落とし、追いついた敵兵に向かって『おれ』は単騎で飛び込んでいった。記憶が曖昧になるほどの激戦だった。『おれ』は気を失い、そのまま死んだものと思っていたが……。

「気がつかれましたか？」

ペイニーの声だ。というか、空が動いている。もしかして俺はいま、運ばれている？

「戦場で隙をみて、連れ出しました」

そんな風に軽く言われた。俺を「連れ出した」と。目を覆いたくなるような激戦だったはずだ。強い敵を倒しまくったところまでは知っている。それでもまだ敵は大勢いた。

「そっか、死神族は、空を飛べるよな」

考えてみれば、道理な話だ。橋が落ちたからといって、行き来できないわけではない。おそらく決死の覚悟で戦場に戻り、気を失った俺を連れ出したのだろう。

「それでいまは、どうなっている？」

「戦場から少し離れたところです」

どうやら、両軍が激突した戦場の真ん中からは、抜け出せたらしい。と言っても、そう遠くまで逃げられたわけではなさそうだ。

俺が死神族に運ばれたままでは士気に関わるので、自分の足で立つ。

「どっちに進んでいるか、分かるか？」

「国に帰る方角へ進んでいます」

「となると、南か。なら、近くにいるのはレニノスの軍だな。将軍はノスフェラトゥ族のトトワールで間違いなかったよな？」

「はい。確認しました。間違いありません」

作戦はどうなっただろう。トトワールの姿がここにあるなら、俺たちは成功したとみていい。あとは大狒狒族のムジュラをゴロゴダーン将軍が押さえるだけだ。そうすれば、ファルネーゼ将軍が城を奇襲し、レニノスを倒すことになっている。そうなれば俺たちの勝ち。もしファルネーゼ将軍が負ければ……みなそろって死体か、レニノスの部下になる。死神族は後顧の憂いをなくすために、種族ごと粛清されるな。

このままコソコソと国まで逃げ帰りたいが、敵がそれを許してくれるとも思えない。

「ここから反撃するぞ。サイファ、ベッカ」

「おうよ」

「なあに？」

「トトワール軍に奇襲をかけて、戦場を混乱させる」

「なんだゴーラン。逃げないのか？」

「どうせ空からの偵察で見つかる。そんで、すぐに追いつかれる」

馬より速い騎獣だっているのだ。国に帰りつくまでに背後から襲われるのがオチだ。

「それじゃ、戦うんだよね～」

「当たり前だ。後方の部隊が混乱すれば、それ以上追ってこられない。ペイニー、死神族を連れて、できるだけ後方にある部隊を探してほしい。できるか？」

「分かりました。やってみます」

いまはレニノスとファーラの軍が激突中だ。これで後方の部隊を混乱させてから離脱すれば、かなりの距離が稼げるはずだ。

ほどなくしてペイニーが戻ってきた。いや、駆け込んできた。

「ゴーラン様、すでに見つかっていたようです。敵がこちらへやってきます」

「やはり空から見られていたか」

「どうしますか？」

「決まってる。迎撃だ。捕捉された状態で逃げてもいいことはねえ」

俺が迎撃の指示を出すと、オーガ族がアップを始めた。何だかんだ言って、こいつらは戦うのが大好きなのだ。

少しして、槍を持った狼頭《ろうとう》が見えた。あれはルガルー族だ。いまが夜じゃなくてよかった。あいつらは、月夜に変身すると一気に強くなる。その後ろから大量にやってきたのは……蜘蛛《くも》だな。見たことない種族だ。

「あれ、扁蜘蛛《ひらたぐも》族だよ。毒はないけど、糸を吐くよ」

「ベッカ、知ってるのか？」

「森に巣を張って暮らしているって、兄ちゃんが言っていた。あと岩と木と同じ色になって見えなくなるんだって」

「なんじゃそりゃ」

なるほど、よく見ると見かけの数倍いることが分かった。保護色で見落としていたらしい。俺としたことが、戦場で気が高ぶっているか？　たしかに地面と見分けのつかない色をしている。

「よし、目の前はぜんぶ敵だ。遠慮はいらねえ。全力でかかれ！」

「「「うぇーっす！」」」

ルガルー族が突っ込んできた。顔は狼だが、首から下に体毛が生えている様子はない。月のない日中ならばこんなものだ。コイツらが槍を持っているのも、日中は自慢の爪が使えないからだ。

「来いやこらぁ！」

太刀で相手の首をぶった斬る。血が周囲に飛び散ったのが合図となり、サイファとベッカが躍りかかる。他のオーガ族もすぐにそれに倣った。

「楽しいじゃねえか！」

サイファの金棒が振るわれるたびに、ルガルー族の死体が量産されていく。両手に持った金棒を縦横無尽に振るう様子を見ていると、俺より強いんじゃないかと思われる。

「順番は守ってね～」

次々とルガルー族の首をねじ切っているのはベッカだ。また一段と凶暴さが増している。あいつは素手で相手を壊すのが、何よりも好きという変態だ。少なくとも俺は素手であいつの相手をしたくない。

「ゴーラン様、私たちも前に出る許可を」

ペイニーたち死神族は、肉弾戦をするオーガ族の後ろで、魔法を撃っている。

「まだだ。待ってろ！」

死神族の魔法で、扁蜘蛛族の胴体に穴が開いていく。爆発ではなく、抉《えぐ》る魔法を使うのは、物静かに戦う死神族らしくていい。大鎌《サイス》を使わせても一流だが、いまはまだその時じゃない。

「分かりました。魔法に専念します」

「それでいい」

俺の勘が告げている。そろそろデカいのが来る。ここは戦場の端で、まだ俺たちは悪目立ちしていない。来ている連中も雑魚ばかりだ。数は多いが、それだけだ。

ファーラ軍とレニノス軍の戦いは互角。勝敗がつかないくらいの戦いが一番やっかいなのだ。余力を残すかどうか、厳しい判断が迫られる。

そのうち俺たちに構っていられなくなる。そのときが逃げ出すチャンスだ。

「ゴーラン、ヤベーのが来た」

サイファが慌てる。俺たちはこの戦場でイレギュラーな存在。無視するか、早めに潰すか。どうやらトトワールは、潰す方を選択したらしい。やってきたのは、たった一体。幻獣種のマンティコア族だ。獅子《しし》の顔に虎の足、体毛は針鼠《はりねずみ》のように尖っている。部隊長か軍団長か分からないが、すごい迫力だ。

「あの尾はサソリか？　毒がありそうだ。よし、あいつは俺が倒す。サイファ、ベッカ、ここは頼むぞ！」

「任された」

「がんばってね〜」

「ペイニー」

「はい、ゴーラン様」

「死神族を前に出す。俺の代わりだ。気張れよ」

「分かりました！」

「いくぜ！」

俺は歯を剝《む》き出《だ》して、マンティコア族に向かって駆けだした。

マンティコア族は、知性のある獣だ。考えもするし、話もできる。それでも獣の本能は抑えきれなかったようだ。向かってくる俺を獲物と定め、他には目もくれない。

「さて、伝承通りの姿ってことは……っと！」

サソリの尾が襲ってきた。マンティコア族の尾は、途中からは別物で先端だけサソリの尾となっている。それをムチのようにしならせることができる。知らないと、気づいたときには毒針に刺されるという寸法だ。初見殺しの技だが、伝承を知っている俺に、死角はない。前世の知識様々だ。

「ついでに、攻撃《こっち》も頼らせてもらおうかね」

日本の剣技は、世界でも類を見ないほど攻撃に特化しているらしい。半身を見せて打突面積を少なくするわけでもなく、重たい鎧《よろい》に身を包むわけでもない。それでいて、剣の切れ味は当代一というほど、研鑽《けんさん》されている。剣技はまさに、攻撃の権化だ。

「だからかね。数多くの先人が、文字通り命をかけて洗練させたのがこれだぜ」

深海竜の太刀を俺がもっともなじんだ型、青眼に構えた。ここからなら、どんな攻撃でも対処できる。そう、盾を持たない日本人が編み出した究極の剣技は、攻防一体の技なのだ。

知ってか知らずか、マンティコア族は襲いかかってこない。だが周囲で暴威を振るうのは、サイファやベッカをはじめとした戦闘狂ばかり。追ってきたはいいが、負けましたじゃ格好がつかないだろう。マンティコア族は覚悟を決めたかのように、前足で大地を二回抉る。

「さあ、来やがれ！」

素早さに自信があったからか、もしくはそれしか戦い方を知らないのか。マンティコア族は一直線に向かってきた。もちろんネヒョルの全力に比べたら遅い。そして俺は、青眼の構えからの攻防を骨の髄まで叩き込んできた。

「――――ハッ！」

マンティコア族が一瞬で俺の横を通り過ぎた。俺の頬が裂け、血が滴り落ちる。

「もう毒は使えないみたいだな」

俺はすれ違いの一瞬で、尾を斬り落とした。通り過ぎたときのわずかな隙に、後方から狙ってくると思い、最初から尾だけを見ていたのだ。

――グルルルル
前歯を剝き出して威嚇してきた。その顔はまるでフレーメン反応のようで、少しおかしかった。

「俺の剣にはな、何千、何万っていう、剣に命を捧《ささ》げた剣豪たちの研鑽が詰まっているんだ」

道を究めるのが大好きな日本人が、長い間最適化してきたのが剣の技だ。狂おしいほどの情熱が注《つ》ぎ込《こ》まれ、遥《はる》かな高みにまで上り詰めたこの剣が、ちょっと動きが速いくらいの奴に、負けてたまるか。

二度目の突進で、俺は奴の左前足を斬った。斬り落とすには至らなかったが、感触は十分。

「今度はこっちから行くぜ！　準備はいいか？」

本当に俺はいい太刀をもらった。折れる心配をしなくていいのだから。

マンティコア族の外皮がいくら硬くても、深海竜の骨より硬いはずがない。さあ次は、攻撃の冴《さ》えを思い知ってもらおうか。俺はすり足で一気に間合いを詰めた。

結果から言えば快勝だった。俺より多くの魔素を持っていたし、普通に戦ったら、俺より強かっただろう。だが俺にはこの太刀と、それを使う技がある。

マンティコア族の身体を少しずつ削り、最後は首を落として勝利した。ちなみに、敵がどうなったかはあえて語らない。思い出すと食欲がなくなるからだ。

敵のボスは倒したが、他がどうなったかというと……。

「ゴーラン、こっちも終わったよ」

ベッカが手を振っている。

「横着するな。自分の手で振れ！」

そこらで拾った腕を振るんじゃない。

「何体かやられた。動けねえのもいるぞ」

「点呼を取ってくれ、サイファ。動けないのは背負っていく」

「他に敵が来るんじゃないの？」

「そこはリグに任せてあったが……おっ、戻ってきたな」

コボルド族は戦えないので、戦場から離れてもらっていた。

「ゴーラン様、両軍とも総力戦に移行したようです。展開している陣のほぼ全域で、戦いがはじまっています」

「ほう。……ってことは、俺らに構っているヒマはなくなったか」

たしかに俺は、国境付近で両軍を激突させる作戦をたてたが、こんなに早くレニノスとファーラの軍がぶつかって大丈夫か？

この戦いでどちらかが負けて、その流れで魔王誕生とかなったら、目も当てられないんだが……

大丈夫だよな。

「俺たちは静かに移動するぞ。目立つ動きはなしだからな。黙ってついてこい」

さっき俺が倒したのは、敵の部隊長だと思う。そのくらいの威圧感はあった。

なるほど、総力戦とリグは言ったが、ここからでも戦いの音がよく聞こえる。軍団長同士の戦いくらいは起きてそうだ。

このままレニノスの国を突っ切って自国に帰りたいが、さすがに警戒しているだろう。行きと同じく魔王ジャニウスの国を通って帰った方がいい。

ファルネーゼ将軍のことも気になる。できるだけ早く帰りたいが、焦っては駄目だ。

精鋭を連れてきたが、それなりの被害が出た。軽傷で済んだのは半数くらいか。だが、その甲斐《かい》はあったと思う。これでファーラとレニノスの国境地帯は、緊張状態となる。和平が結ばれることがないから、常に一軍を張り付かせる必要が出てくる。うん、いい仕事をした。

途中、レニノス軍に追いかけられもしたが、ジャニウスの国に入ったら、それも止《や》んだ。そして俺たちは、たっぷり十五日間もかけて国に戻った。すると、とんでもない事態が俺たちを待ち受けていた。将軍の死である。

――ワイルドハント　小魔王リストリスの国　ネヒョル

小魔王リストリスの国に入ったネヒョルは、国内を縦横無尽に駆け巡り、多くの村や町を襲った。討伐にやってくる兵を蹴散らしつつ、リストリスの城を目指した。

小魔王リストリスは、上がってくる被害があまりに膨大だったため、町の防備と復興に多くの兵を派遣していた。ゆえに城内は手薄。なぜならば、城を守るようにして城塞都市が造られており、そこにはリストリスがもっとも信頼する将軍ブレイザールがいたからである。

だがネヒョル率いるワイルドハントの面々は、進撃の勢いそのままに城塞都市へ攻撃を仕掛け、ブレイザールすらも斃してしまった。

ネヒョルは、城を守る兵を次々と撃破、そのまま城内を進み、ついにリストリスと対面した。

「えっと初めましてだよね。……って、なんでそんなに睨んでいるのかな？」

「……………」

ネヒョルの軽口に、リストリスは眉間に皺《しわ》を寄せ、殺気をまき散らしながら、無言で腰の剣を抜いた。

猛獅子《もうしし》族のリストリスは、獅子の顔に長いたてがみをもつ亜人種である。燃えるようなオレンジ色の髪は、銀色をちりばめた王の衣装によく映えていた。背丈は二メートルと少し。ネヒョルよりかなり高い。均整のとれた身体は、強靱なバネとしなやかさを併せ持っている。風格はまさに王。

猛獅子族の心は高貴であり、義理や約束を重んじる。これは魔界においては希有《けう》なもので、それを慕う者も多い。そして彼が一番嫌うのが、目の前のネヒョルのようなタイプである。

「ねえ、なんでそんなに怒っているの？」

「貴様は絶対に生きて帰さん！」

リストリスの持つ剣は細身であり、切るより突くのに特化している。

「嫌だなぁ、そんなに怒んないでよ」

ネヒョルは身体を弛緩《しかん》させ、ゆっくりとリストリスに向かって歩く。……が、途中でピタリと足が止まった。

「あれれ？　ここまで届くの？」

驚きに目を開くネヒョルの前に、一瞬の光が交差した。踏み込みの音はなかった。あまりにしなやかに踏み出したため、足音がしなかったのだ。そして一気に突いて戻る。この流れる一連の動作で、ネヒョルの身体に穴が……開かなかった。

「!?」

必中を確信していたからこそ、リストリスは驚いた。同時にネヒョルも驚く。

「凄いね、いまの。まるでゴーランみたいだったよ」

リストリスがこれまで何万回も突いてきた一撃。それがネヒョルに届かなかった。間合いの外から一瞬で、ネヒョルは攻撃を察知し、その外へ逃れていた。ゴーランの居合いを間近に見なければ、ネヒョルとて最初の一撃は食らっていたであろう。その一撃が当たった場合、リストリスの連打に巻き込まれ、ネヒョルの身体は穴だらけになっていたはずである。

リストリスは手数で倒すタイプである。獅子の顔を持つとはいえ、牙ではなく武器を好んで使った。刺突には絶対の自信があった。最初の一撃が躱《かわ》されたことに、リストリスはひどく驚いていた。その驚愕の隙をついて、ネヒョルが自分から向かっていく。リストリスは迎撃に入った。

「うーん、当たればボクでも穴が開くだろうね」

リストリスは自身の膂力に耐えうる剣を使っている。ネヒョルの身体に穴を開けることなど、造作もない。だがネヒョルは余裕綽々《よゆうしゃくしゃく》で避ける。

「ふっ！」

リストリスが刺突から斬撃へと変化させる。それでもネヒョルには通じない。

「なんていうのかな。速いんだけど、ゴーランのような不気味さを感じないんだよね」

がっかりしたように、わざとらしく息を吐くネヒョル。リストリスは、ゴーランなる人物について問いかけない。その者のことは気になったが、ネヒョルが真面目に戦っていないのならば、いまが好機である。当たれば勝てる。それがリストリスの闘争心を燃え上がらせていた。

「ゴーランは面白いよ。次に何が出てくるか分からないところがあるし。こっちのは……見えるんだよねえ、底が」

ネヒョルはバックステップで距離をとると、右手を前にかざした。

「もう分かったからいいや。今度はボクの番ね」

瞬間、手の平に生じた青白い炎の玉がリストリスに襲いかかった。それを剣で打ち返す。炎の玉は爆発して周辺に飛び散る。爆風が二人を襲う。

「ちょうどいいや。実験につきあってくれるかな。どれくらい耐えられるかの実験ね」

言い終わるよりも早く、数倍の炎の玉が撃ち出された。リストリスはそれを剣で打ち据える。今度は爆風で、身体が数メートルも飛ばされた。視界が奪われ、目を開いたときには次の炎の玉が迫っていた。これもまた、前の数倍の大きさ。

「うおっ！」

今度は剣ごとリストリスは後方に飛ばされた。さらに大きな炎の玉が襲う。立ち上がりかけたリストリスにそれは命中し、身体が炎に包まれる。

「うおおおおっ！」

リストリスは、体内の魔素を全開にして炎を吹き飛ばす。剣はどこかへ飛んでいき、服も半ばが燃え尽きる。立派なたてがみもまた、半分が消えていた。

「はい次～」

さらに大きな炎の玉。避けるには大きすぎた。リストリスは両手を十字に組んで耐える。たまらず片膝をついたところへ、次が着弾した。そして次。最後は部屋いっぱいの大きさにまでなった炎の玉が、リストリスの身体を焼く。

「どうかな？　あたらしい特殊技能なんだけど。感想を聞かせてほしいな」

床に倒れ伏したままリストリスは動かない。当然答える余裕などない。

「ネヒョル様、城内の掃討が終了しました」

「ごくろうさま。生き残りは？」

やってきたのは全身が漆黒の騎士。ワイルドハントの副官である。

「城内にはいません」

「そっか……じゃ、あとはこれだけだね」

ネヒョルの視線の先には、すでに虫の息のリストリスがいる。

「魔法を使われたのですか。お珍しい」

「うん。爪だけだとちょっと大変かなって思って」

ヴァンパイア族の魔法は強力無比。ただしネヒョルは、ほとんどそれを使わない。身体能力が高いので、使わずに済むのである。

「よし、これでいい。……この国にはもう用がないし、次に行こうか」

巨大な炎の玉をリストリスの身体の上に落としたネヒョルは、そう言って笑った。

その日、支配の石版から小魔王リストリスの名が消えた。

——ワイルドハント　小魔王ユヌスの国　ネヒョル

小魔王リストリスの国を散々引《ひ》っ掻《か》きまわしたネヒョルはそのまま北上し、小魔王ユヌスの国に入った。

「ここが周辺最強のユヌスが治める国……だけど、何もないね」

「国境を越えたばかりだからでしょう」

「そっか、そうだよね」

ネヒョルはトンッと跳躍し、そのまま飛ぶ。地上から数十メートルの高さに到達すると、手を額にかざして周辺をよく観察した。

「森、森、岩山、森……なんだここ、村や町がないじゃん」

がっかりした風で、よろよろと地上に戻ってくる。

「ユヌスは国土を拡大したあと、城の付近に民を集めたと聞いております」

「そうなの？　なんで？」

「攻めるにも守るにも都合がいいからと聞いております」

「ふーん」

国土が広くなればそれだけ守る範囲が広がる。それはたしかにひとつの考え方だが、住んでいた場所を離れなければいけない住民はどう感じるのか。結局住民が逃げてしまえば意味がない。ネヒョルなどは、管理するより放っておくタイプ。ゆえに「変わってるね」で済ませてしまった。

「……して、ネヒョル様。この国は周辺の小魔王の中で、随一の強さを誇ります」

「そうだよね。四つの小魔王国を吸収したんだっけ？」

「はい。小魔王ユヌスはテンペストジャイアント。起源種《オリジン》でございます」

「もとはフロストジャイアント族だっけ？」

「はい。戦場では『氷雪吹雪《ひょうせつふぶき》』を得意としておりますので、間違いないかと思います。これまでとはまた格が違った相手でございます」

「そうだよね。このメンバーで戦うのはちょっと厳しいよね」

ユヌスは強いだけでなく、頭も切れる。世間ではそう言われている。通常、どこかの国と戦争を始めると、他の多くの国が介入してくる。最初はそうでなくても、結果的にだ。ユヌスはそれを避ける。うまく外交を使い、協力体制を敷いてから攻め込んだり、中立の国を間に挟んだりと、通常ではないやり方で国を大きくしていった。

「まあ、ボクも今回は城には近づかないからね」

「そうでございますか」

「だって、ユヌスにはもっと大きくなってもらわなくっちゃでしょ」

「……？」

漆黒の全身鎧を纏った副官は、理解が追いつかずに首を傾《かし》げている。

「今回、ボクがここに来たのは、小魔王ユヌスを魔王にするためだし」

「……そうだったのですか」

「周辺国で一番魔王に近いのは誰かと調べたら、このユヌスだったんだ。だからボクはそれを後押しするの。魔王が誕生したらボクが戴くけどね」

ネヒョルがエルダーヴァンパイアになるためには、ふたつのものが必要である。ひとつが、魔王がその身に持つ支配のオーブ。それも生きているうちに抜き出したものだ。これは小魔王をいくら倒しても意味はない。かといって、ネヒョルは既在の魔王を倒す術は持ち合わせていない。

魔界で魔王と言ったら、ほぼ不可侵の存在である。上には大魔王が存在するが、大魔王は魔界でわずか二体しかいない。大魔王は別格。戦うのもばからしくなるほど強いのである。

「ネヒョル様が魔王を倒すのでございますか？」

「そう。魔王ってさ、寿命がありえないほど長いでしょ。いまいる老獪《ろうかい》な魔王たちなんか相手にできないよ。だから、なりたての魔王を狙うわけ」

強い魔王も弱い魔王も持っているものは同じ。ならばと、ネヒョルは新米魔王誕生を画策したのであった。

「町が城の近くにしかないっていうのは知らなかったけど、しょうがないね。いくつか襲って、危機感を煽《あお》ろうか」

そのとき、天頂から数条の光が降りてきて、ワイルドハントのメンバーを貫いた。

「ん？」

膨大な力が内包された光の束は、ネヒョルの部下を貫いたあとですら、まだ光を放っていた。

「襲撃です、ネヒョル様」

「そうみたいだね。でもこの光……」

またしても数条の光が天頂から降りてくる。

そのひとつは、狙い過《あやま》たずネヒョルに向かっていた。

「うわっと⁉」

とっさに魔力弾を撃ち出し対消滅させようとしたが、それも叶《かな》わずネヒョルの肩口を焼いた。

「おっかないね～。なにこれ」

「ネヒョル様！」

副官が駆け寄る。

「これって、聖が乗っている攻撃？　でも天界の住人ってわけじゃないよねえ」

ネヒョルが首を巡らすと、いつの間にか、騎馬の集団が現れていた。

「キサマがワイルドハントの首領か」

「そうだけど、キミは誰かな？　みたところ……堕天種みたいだけど」

堕天種……天界の住人が天界を追放されたり、取り残されたり、または自らやってきたりして、魔界に順応した者たちである。

「ご明察。我は堕天種のファッサーニだ」

「へえ、ユヌスの秘密部隊かな。驚きだね」

堕天とは、聖気を糧とする天界の住人が、魔素を取り込む魔界の住人へと変わることである。これは非常に稀《まれ》なことと言える。ゆえに堕天の情報は、魔界中を駆け巡る事が多い。それを秘匿していたあたり、ユヌスの強《したた》かさがよく表れている。同時に、そんな秘蔵の存在をワイルドハントの前に出したのも、出し惜しみする愚をユヌスが嫌ったからであろう。

「町を回るだけの予定だったけど、ちょっと遊んであげようかな。どれどれ……」

ネヒョルは串刺しにされた仲間に近寄り、光の束を握り、聖属性の力を確かめる。

「聖力の強さは……うん、まあまあかな」

メルヴィスの寝所に張られた結界よりかなり落ちると、ネヒョルは独りごちた。

「キサマ、聖力を見たことがあるのか？」

ファッサーニは不思議そうな顔をするが、そのときネヒョルは別のことを考えていた。聖属性の力について、尋問して聞き出そうという物騒な考えである。

「何がおかしい」

薄ら笑いを浮かべているネヒョルに、ファッサーニの額に青筋が浮かぶ。

「みんなは周囲の騎馬を殺《や》っちゃって。ボクはこれを捕まえるから」

指を差されて、「これ」呼ばわりされたファッサーニは激昂《げきこう》した。

「我が王はキサマが危険だと仰せだ。どれほど懇願しても、生かすつもりはないぞ」

どうやらネヒョルが、小魔王国を荒らし回っているのを知っているらしい。別段隠すつもりもないし、それどころか派手にやっていたので、噂が周辺国へ広がるのも当然と言えた。

ワイルドハントの面々とファッサーニの部下が交戦した。

「うわっ……あれ？」

急に浴びせられた聖力に、ネヒョルは身体に力が入らなくなるのを感じた。ファッサーニの攻撃である。続いて繰り出される槍を避けきれず、脇腹に突き刺さった。ファッサーニは、確実にダメージを与えるため、狙いやすい胴体に攻撃を集中させていた。

（これが天界の住人の聖力か……思った以上にやっかいだね）

ネヒョルは、魔王と同等の強さを持つ天界の住人を倒す予定である。だがそれはまだ先の話で、いまはまだ力が足らない。

そもそも天界の住人の攻撃はすべて、魔界の住人にとって毒となる。

逆に、天界の住人にとって魔素は、身体を蝕《むしば》む毒となる。ゆえに魔界に侵攻する天界の住人は、結界をつくり、そこを拠点にしながらでないと、活動することができない。ただし、ファッサーニのように聖力を否定し、魔素を取り込んで生きることを選んだ場合は、その限りでない。堕天した者の場合、最盛期の力には遠く及ばないものの、聖力の乗った攻撃が使えることがある。

（天界の住人と戦う練習にちょうどいいかと思ったけど、これは思ったより大変かな）

魔王級と戦うためには、もっと強くならねばと、ネヒョルは真摯に思った。

戦いはというと、慣れない聖攻撃に苦労したものの、すでに複数の小魔王を撃破しているネヒョルが圧倒した。知恵ある小魔王ユヌスといえども、ネヒョルの力がすでにファッサーニを凌駕《りょうが》しているとは、さすがに思わなかったらしい。

「……こんなものかな」

両手足を奪い、ファッサーニを完全に無力化させたネヒョルは、笑みを深めて問いかけた。

「ねえ、天界について知っていることを洗いざらい教えてくれるかな？　たとえば強い者の情報とかさ」

いつまで経っても帰ってこないファッサーニに、小魔王ユヌスは、己の見込みの甘さを悔いることとなる。

*

俺はやったと思う。小魔王ファーラの国で暴れて軍をおびき寄せ、レニノス軍との間にデカい争いを発生させた。正直ここまでうまくいくとは思わなかった。何度も死にかけた甲斐があったというものだ。

俺は部下を引き連れて魔王ジャニウスの国を通り、ボロボロになって帰還した。そこで俺は、衝撃の事実を聞かされることとなった。

「ゴロゴダーン将軍が戦死ですか⁉」

ファルネーゼ将軍の言葉に、俺は絶句した。戦場で一体何があったというのだ？

「ゴーランの立てた作戦は非常によかった。たしかにレニノスや将軍たちをバラバラに引き離すことができた。ただ、進軍したゴロゴダーンの軍と対峙《たいじ》したのが将軍ムジュラではなく、レニノス本人だったのだ」

「まさかそんな……」

王が前線に出てきたのか？

「城にはムジュラがいた。私もまさかレニノスが前線にいるとは思わなかった。あれはレニノスの気まぐれだろう。二度も侵略戦争で負けた腹いせもあったかもしれない。自らの手で追い返してやると息巻いたのだろう」

俺やファルネーゼ将軍が秘密裏に国を出たことは気づかれていなかったようだ。

「私はあのとき、城にはレニノスとムジュラがいると考えた。あの慎重なレニノスが前線に出るとは思わなかったからな」

「俺でも思いませんよ」

「小魔王を二体相手するわけにはいかない。といっても、ムジュラは簡単に倒せる相手ではない。私はその時点で撤退を決断した」

「いい判断だと思います。戦いが長引けば、城内の兵も駆けつけたでしょうから」

「城を脱出し、安全のため遠回りして帰ってきたら、ゴロゴダーンの敗死を聞いた。正直驚いたが納得もした。そしてレニノスは城にはいなかったのだと、そのときようやく確信が持てたわけだ」

ファルネーゼ将軍から、ゴロゴダーンの最期を聞いた。どうやら、遅延行軍していたところへ、大軍が押し寄せてきたらしい。そこで互いに陣を構築し、睨み合った。本来はそこから小競り合いが続き、相手が強いのか弱いのか、どんな種族がいるのかを探る時間となる。

だが今回は違った。レニノス軍が整然と陣の前に並び、そのまま前進してきたのだという。

「生き残った兵が言うには、やたらと強い敵が相当数、交じっていたようだ」

「それは小魔王直属の部下でしょうね。かなり戦慣れしていると思います」

午前中からはじまった戦いは、昼過ぎに均衡が崩れ始めたという。ゴロゴダーンは戦線を縮小させて軍を中央に寄せ、自分が先頭に立って戦ったらしい。

「そこへ現れたのがレニノスのようだ。登場しただけで他者を威圧し、そのときだけは戦場が一斉に静まりかえったという」

「そこで一騎打ちですか?」

弱い者がいくら群れても意味がないのが魔界だ。倒すには、それなりの強さの者が相手をしないと、持ちこたえることすらできない。

「そうだ。しばらくゴロゴダーンはレニノスと戦い、ゴロゴダーンが劣勢になる。そこでレニノスは恭順を求めてきた」

「そこまで力量差がありましたか」

勝ち負けがつくたびに相手を殺していては、魔界の住人は最強の者を残してみな死に絶えてしまう。ゆえにある程度力量差が出た段階で、負けた方は勝った方の下についてお終いになる。下に甘んじた者も、力を溜《た》めて下剋上だ。

ただし、戦場ではそういうわけにはいかない。ゆえに殺し、殺されることになるが、一軍を指揮する者については、恭順を求めることがよくある。俺の下にこいというわけだ。これに相手が頷けば、そのときから仲間となる。レニノスはそれで支配地域を増やしてきた経緯があった。

「ですが、ゴロゴダーンが戦死したということは……」

「最後まで頷かれませんでした。メルヴィス様の配下として戦い、死にたいと告げて、戦闘は継続された」

その結果の敗死。ゴロゴダーンは、意志を貫いて果てた。負けたゴロゴダーンの配下もまた、死ぬか逃げるかする。ほとんどが逃げ出したそうだ。いまは故郷に戻って傷を癒やしているらしい。

「そういうことだったのですか」

「ゴーランの作戦は成功していた……だが、相手が悪かった」

それが結論になる。

「これからどうなりますか？」

「ゴーランの話だと、ファーラとレニノスの軍が激突したのだろう？　だとすると、レニノスはしばらく北にかかりきりになるのではないか？」

「可能性はあります。だからこそ、もう一度攻める好機とも言えますが……」

「戦える者はいないな」

「はい」

小国ゆえに、人材が乏しい。ファルネーゼ将軍クラスがあと何人かいたら、よってたかってムジユラを亡き者にして、レニノスの野望を阻止できるのだが、そううまくはいかない。

「とりあえず、亡くなったゴロゴダーン軍を再編しないとな……」

ファルネーゼ将軍の声は、いつになく沈んでいた。


俺が国に帰ってから、十日が経った。この十日間で良いことと悪いことがひとつずつ起きた。

まずは良いこと。レニノスに敗れたゴロゴダーン軍だが、部隊の損耗は思ったほどではなく、軍団長と部隊長の働きによって、多くの兵が帰還していた。

ファルネーゼとダルダロスの二将軍が合議して、新しい将軍を選出した。選ばれたのは、再戦に燃える若き元軍団長ツーラート。これによって、旧ゴロゴダーン軍が新しく生まれ変わろうとしている。

ツーラートはトールトロル族の益荒男《ますらお》だ。トールトロル族はトロル族の亜種で、すでに種族として定着している。ゴロゴダーン軍には何体かトールトロル族がいるので、部下たちとの意思疎通もバッチリだろう。

老練なゴロゴダーンの後釜に若者を起用したのはいい判断だと思う。ダルダロス将軍にはまだ会ったことはないが、戦争では損な役割でもしっかりと引き受けるあたり、好感が持てる。なんにせよ、小魔王メルヴィスの国は、ゴロゴダーン亡きあともやっていけそうである。

それだけならばまだいいが、悪い話もある。南にある四つの小魔王国群で、戦争がそろそろ収まりそうな気配を見せている。

戦争が収まれば平和が訪れると思うかもしれないが、実はそうではない。レニノスに対抗するため、周辺国でまとまろうと考えたのがはじまりである。

現実はいつも非情である。四つの小魔王国の国力が拮抗《きっこう》しているため、他国を支配下におくどころか、戦争で貴重な兵をどんどんと減らしてしまった。埒があかないことに、遅まきながら気づいたようだ。

ではどうするのか。四国の外に敵を求めればいい。ちょうど良いことに、レニノスの支配下に入っていない国がひとつだけ残っている。そう、小魔王メルヴィスの国だ。

非常に遺憾ながら、戦乱が収まりつつある四国がこの国に攻め込んでくる可能性が高まった。ヤバいよ、ヤバいよと言って、走り出したい気分だ。

さらに十日が経った。良い話と悪い話が、またひとつずつやってきた。

まずは良い話。レニノスとファーラの戦いが長引いているらしい。仕掛けたのは俺だが、なんというか、ご愁傷様な気分だ。双方とも引かない……というより、引けないのだろう。激突する時期が早かったのだと思う。さすがに王が出てくる事態にはなっていないが、どちらかが兵を引かない限り、この戦いは続くものと思われた。片方が兵を引いて、もう片方がそこに残る。つまり戦場で勝敗が付くことになる。これから周辺に覇を唱えようとしているレニノスとファーラ。明らかに負けと分かる撤退を選択するだろうか。

戦いはまだ続きそうである。これによって、レニノスは俺たちの国に再侵攻する余裕がなくなり、一息つけたと言える。

そして悪い話。こことは遠く離れた場所での出来事。メラルダが使者を使わしてくれた。魔王トラルザードの国の西で、ネヒョル率いるワイルドハントが暴れているらしい。小魔王チリルと小魔王リストリスが、なんとネヒョルに倒されたという。短期間で小魔王二人を倒すなんて大金星だと思えるが、ネヒョルは実力を隠していた疑いがある。

王を倒された二国は大混乱となり、将軍たちが争いを始めて混乱が加速、他国がそれに介入して、いまひどい状態らしい。

ワイルドハントが出現したあとは、どの国も大混乱となっているらしい。現在分かっているだけで、ネヒョルは四つの小魔王国で暴れている。つまり残り二国、小魔王ユヌスと小魔王モニンの国も混乱中である。ここではさすがに小魔王は倒されてないらしいが。

ネヒョルがこんなに暴れている理由が分からない。城から持ち去った日記に何か書いてあったのかもしれない。

日記には、エルダーヴァンパイアになるために必要なものが書かれているのではないかと予想されている。それと今回の動きに、何か関係があるのか？

いまネヒョルがいるのは魔王国の西なので、俺たちは関与できない。ただし、警戒は必要だと思う。戦争を始めたらワイルドハントがやってきた、なんてことになったら、一大事である。作戦を考えるときも、不確定要素を入れるだけで、途端に難しくなる。できればネヒョルは遠くにいてほしいが、そうはならない気がする。なんにせよ、ワイルドハントの情報を知らせてくれたメラルダに感謝したい。

「……メラルダが城にやってくる?」

そんなことを思っていたら、本人がやってくるらしい。しかも小魔王メルヴィスの城まで出向くという。それを俺に伝えた副官のリグも困っている。

「前回、会談に同席したゴーラン様にも出席してほしいと、ファルネーゼ将軍からの言伝《ことづて》がございました」

俺はここ最近、ずっと村にいた。リグがしょっちゅう出かけていっては、情報を持ち帰ってきてくれたから、なんとか情勢についていけているが、俺なんかが会談に出席しても、あまり意味はないと思う。

「しかし、メラルダが来るのか……この前は使者だけだったよな」

「はい。使者の方がワイルドハントの情報を伝えにきてくれました」

「ということは、それ以上の話があるのか……分かった。すぐに出立の準備をする」

メラルダは魔王トラルザード配下の将軍だ。彼女の来訪が、吉と出るか凶と出るか。

「……悪い予感しかしねえ」

俺は天を仰いだ。

「うん、薄汚い天井だ」

俺の目に映るシミだらけの天井が、なんとなくこの国の未来を予見している。そんな気がした。

第四章　夜会の余興

ファルネーゼ将軍に呼ばれたので、俺は重い足を引きずって城へ向かった。

軍団長くらいになると専用の騎獣がいるが、俺にはない。一応、将軍直属なので、持ってもいいのかもしれないが……。

「まあ、歩いて済むならそれでいいよな」

現代日本のように一分を争う忙しさとは無縁の世界だ。のんびりゆっくり行こうじゃないか。

「……遅かったな」

着いた早々、ファルネーゼ将軍からディスられた。理不尽だ。言い訳しようと思ったが、「だったら騎獣くらい持て」と言われそうなので、遅刻の定番「渋滞に巻き込まれまして」と言ったら、「なんだそれは」と返された。返答に困って黙っていたら、「まあいい」と有耶無耶《うやむや》になった。ラッキー。

「メラルダ将軍が来ると伺いましたが」

「来るではなく、来ただな」

ゆっくり移動していたら、俺より早く着いたらしい。俺は徒歩だし当たり前か。

「よく城に呼びましたね」

相手は魔王麾下《きか》の将軍だ。城内で暴れられたら、かなりの被害が出る。

「同盟を結んでいるからな。それに軍事的協力もしてもらっている。来たいと言われれば、断れるものでもなかろう」

「なるほど……」

ちょっと黒いことを考えた。同盟を結んだあとで城に乗り込み、敵を討つ。どこかを攻めるときに使えそうな手だ。実際にやったら、周辺国から非難の嵐だろうが。

「もっとも、ほとんどの者はメラルダ将軍を恐れて城に寄りつきもしない。私が近づけたくない者は城に呼んでいないので、ここは静かなものだ」

なるほど……また俺が呼ばれたわけだ。

「俺はいいんですか？」

「お前は……なんというか、鈍感なのか？」

またディスられた。

「そうみたいですね。相手の魔素量を測るのが苦手で」

相手が強大でも脅威を感じない。鈍感と言われれば、そうだろう。

「そうか、本当に鈍感なのか……いいんだか、悪いんだか」

ファルネーゼ将軍は微妙な顔をしている。

「気楽に生きるには、助かる場合が多いですかね」

魔界で生きるのに、いちいち自分より強そうだ、弱そうだとか考えたくない。ケンカに勝てば相手が弱いのだし、逆なら強いでいいじゃないか。

「今日の会談が、もう少ししたらはじまる。先に情報を共有しておきたい」

メラルダが到着したのは一昨日で、昨日初めて会談をしたようだ。

「今回の訪問の目的は、なんだったのですか？」

使者をたてたあとにわざわざ本人が来るとは穏やかではない。

道中、ずっと気になっていたのだ。

「魔王国の方針転換を伝えに来た感じだな。向こうで戦争が活発になったようだ」

「戦争が活発って……すごい嫌な予感がしますけど」

「魔王リーガードが戦力を増強している。先日、大規模戦闘があって、双方合わせて五体の小魔王が死んだらしい」

魔王の配下には、それなりの数の小魔王がいる。それでも一度の戦いで五体も小魔王が倒されるとは、どれだけ激しい戦いだったのか。

「とすると、メラルダ将軍も戦線復帰ですか？」

前回、はっきりと教えてくれなかったが、戦場に投入する部隊はローテーションを組んでいるようだ。そのような形式を取れるのは、戦力に余裕があるからだろう。だが敵が戦力を増強したならば、その限りではない。

「そう考えていいと思う。……もっともメラルダは別の件を気にしていたが」

「別の件ですか？」

敵対している魔王国が戦力を増強する以外で、何を気にするというのか。

「ワイルドハントによってかき回された魔王国の西だ。いまひどい状態になっているらしい。逃げてきた一団がトラルザード国内に入り込んで、被害も出始めている」

「ネヒョルですか。ここにきて祟《たた》られますね」

誰か倒してくれないかと、本気で思う。

「魔王国の西が不安定になったため、その付近へ軍を置きたいらしい。結果、東へ張り付けていた軍を撤収させたいと言ってきた」

俺たちはレニノスの国へ攻め込むために、他国からの介入を防ぎたかった。そのため、メラルダの軍を重しに使ったのだが、それが外れるのか。

「南方の戦争が収まりかけていますよね」

「あれが来ると思うか？」

「来るでしょう。勢力を広げるには、ここは都合がよいです。それで、どう答えたんです？」

「私一人では判断がつかないから、少し相談したいと伝えてある」

「あー、そうですか」

頭の痛い問題だ。来なきゃよかった。メラルダは、軍を撤収させる命令を受けたのだろう。同盟を組んでいるからこそ、こうしてやってきて事情を説明している。こちらが否と言っても、覆せないところまで来ている気がする。魔王トラルザードの軍が睨みを利かせていたからこそ、俺たちは他国へ侵攻できたのだが……。

「もうすぐ会談だが、どうしたらいいと思う？」

「できれば別の譲歩を引き出したいところですね。難しいと思いますか？」

ここは小国。しかも盟主は永い眠りについている。将軍は一人欠けて戦力は低下している。他国の戦争は収まりつつあり、ここが狙われる十分な理由もある。

「他の譲歩か。難しいな。メラルダも長居できないだろう、何か考えておいてくれ」

「……いつまでですか？」

「今日の会談がはじまるまでだ」

「無茶ぶりにも、ほどがありますよ！」

天を仰いだら、キレイな天井が見えた。俺んとこと大違いだな。

＊

「お久しぶりです、メラルダ殿。オーガ族のゴーランです」

会談の場には、俺とファルネーゼ将軍、そしてメラルダしかいなかった。メラルダの服装は相変わらず古い時代の日本の着物のように見える。つか、本当に誰もいやがらねえ。

「おお、久しいの。我《われ》が名を覚えているオーガ族など、おぬしくらいのものよ」

「それはどうも……と、お礼を申し上げた方がよろしいでしょうか」

「といっても、他にオーガ族の知り合いもいないがの」

「なら当たり前だろっ！」

思わず突っ込んでしまった。メラルダはケラケラと笑っている。他国の将軍に無礼な口をきいてしまったが、本人は怒っていないようだ。

「昨日はファルネーゼ殿と話をしたが、堅苦しくていかんの。おぬしが来てくれて助かったわい」

ファルネーゼ将軍が苦笑している。

「昨日は散々私を脅しておいてでしたのに、どういう風の吹き回しでしょうか」

「終始、堅苦しい話ばかりでは、肩が凝るだけであろう。我もせっかくここまで来たのだからな。歓迎の宴《うたげ》が数日くらい続くものと期待しておったぞ」

いまの話を聞いて、俺は「やはり」と思った。

「ということは、この前の密談を秘匿しなくてよいと、そう考えてよいのですね」

ファルネーゼ将軍の顔が「?」になった。一方、メラルダはニヤリと人の悪い笑みを浮かべた。

「うむ。なにゆえ我がここに来たかといえば……」

「大いに牽制に使え……ということでしょう？」

「その通りじゃ！」

ファルネーゼ将軍にもようやく理解の色が見えた。これまで魔王トラルザードとの同盟は密約であった。お互いの利益が一致したが、直接的な支援はなかった。

使者ではなく、なぜメラルダ本人が城へ来たのか。その理由は、これまで通り軍を国境付近に派遣できなくなったと伝えるとともに、両国は密接な関係があることを知らしめて、少しでも有利に働かせろと、手助けしてくれたのだ。

「魔王はただ強いだけではなれぬ。強さに貪欲は当然、他を喰らわねば魔王にはなれぬ。ゆえに魔王どうしの戦いは苛烈を極める」

レニノスとファーラ、どちらかが魔王になったとする。東は大魔王の国土であるため、西へ勢力を伸ばすのは必然。

「西には魔王ジャニウスと魔王トラルザードがありますね。もし攻め入るんでしたら、どちらへ進むと思いますか？」

俺としては、メラルダがどう考えているのか知りたい。

「我が主の治める国であろうな。戦争で疲弊しておるし、国土が大きい分、兵が足らん」

「それと以前、魔王バロドトとの戦乱があったからですね」

ファルネーゼ将軍の言葉に、今度は俺が首を傾げた。魔王バロドトはもういない。天界からの侵攻に敗れて、あそこは魔王不在のはず。複数の小魔王国に分かれて、争っている最中だ。

「そういうことじゃ。リーガードとの戦いも、日に日に激しくなっておる。旧バロドトの国の近くにも多数の兵を常駐させておる。あそこは昔からの敵国じゃしのう」

「そうだったんですか」

魔王になったらなったで、大変そうだ。

「それに最近、西がきな臭い——つまりワイルドハントの阿呆どもがかき回して、おかしくなった。国境に沿って、かなりの兵を置かねばならんようになってしまった」

「あちこち大変ですね」

「うむ。いまのところ魔王ジャニウスの国とは敵対していないが、レニノスやファーラが我が国を襲えば、危機感を募らせるだろうな。なにしろ、ジャニウスの国の半分を我が国で囲うことになるゆえ」

簡単にいうと、「あっちもこっちも大変だから、キミんとこだけでもうまくやってくんない？」ということだ。

「昨日の会談の内容は聞きました。兵を国境から引かせるとか。……そうすると、俺たちもかなり困ったことになるんですけど」

レニノスやファーラだけじゃない。南の小魔王国群がこの国に攻めてくるだろう。それしか拡張できる場所がないのだし。

「それを蹴散らしてほしいと思っておる」

蹴散らしてって……さすがにそれはどうなんだろう。

「俺たちにできますか？」

俺がファルネーゼ将軍に尋ねると、将軍は首を横に振った。

「一国だけならば耐えられもしましょう。ですが、あそこは四つの国がふたつずつに分かれて戦っていました。来るとしたら連合するでしょうね」

国を落としたあとの分配で揉《も》めそうだが、すでに戦争の泥沼化を恐れて停戦の方向で動いていると聞く。俺たちの国と戦うときは、長期化を避けようとするだろう。つまり、大戦力で一気に決着をつけに来る気がする。

「そうさせないためにも、国境付近に兵がいてくれると助かるんですが」

「それについては、本当に申し訳ない。どうにもできんのだ」

メラルダは魔王魔下の将軍だ。魔王に言われたら従うしかない。

「何か代案はありませんか？」

同盟を維持するならば、協力は不可欠。それが分からないメラルダではないはずだ。

「代案……か」

メラルダは黙ったまま、何かを考えるように俯《うつむ》く。現状、この国が生き残るには、いくつかの幸運が重ならないと難しい。

「代案は……ある」

俺は「おやっ」と思った。代案はないから、自分たちで何とかしろと言われると思ったのだ。

「あるんですか？」

「昨日伝えた内容は違えることはできん。我も主の命を受けて任務に就かねばならんのでな。じゃが、我の直属なら、ギリギリその限りではない」

「……というと？」

「一方的に部下を貸し出すのは、魔王様を裏切ることになる。じゃが、部隊を交換するならば……まあ、かなり難しいが可能だ」

代案をメラルダが言い出してくれたのは、正直ありがたい。

「なるほど……部隊の交換ですか」

両国の部隊を交換する……一方的に武力を貸し出せないので、そういう表現を使ったようだ。メラルダの直属なら強力な連中だろう。数は少ないだろうが、戦力としてかなり期待できそうな気がする。

「我の権限でなんとかなる範囲での協力じゃが、それで魔王誕生を阻止してほしい」

なぜ魔王トラルザードがメラルダの軍を戻すのか。それはネヒョルのせいだ。ワイルドハントが西で暴れたことがここで響いている。

話を聞くと、いま西方は小魔王ユヌスの国の一強状態で、それがよくないらしい。東よりも西の方がより魔王誕生に近くなってしまった。トラルザードは、メラルダに西を警戒するよう命令を出したという。

だが、東だっていま戦乱の真っ最中だ。最悪、西と東で魔王が誕生する可能性も出てきた。それはトラルザードにとってかなりまずい状態だという。そしてワイルドハントの行方は不明。これ以上かき回されないためにも、メラルダを西へ派遣したくなる気持ちも分かる。

「魔王国が増えると、複数の魔王が入り乱れた『大戦乱』が起きる可能性がある。それはなんとしても避けたい」

「分かりました。その部隊の交換ですが、どのような感じを予定していますか？」

「我の部下の中で小魔王に近い力を持つ者が何人かおる。その者らを貸し出そう。部下も付けるぞ。戦いに慣れておる者たちばかりゆえ、存分に働いてくれよう」

俺の思った通りだ。ゴロゴダーンを失ったいま、強力な味方は喉から手が出るほど欲しい。そしてメラルダが、魔王誕生を阻止するために貸し出す部隊だ。役に立つに決まっている。だが、ここでファルネーゼ将軍が考え込む素振りをみせた。

「私の一存では難しいところではあります。もし交換が可能でしたら、こちらからは私の部下を貸し出す形になると思います」

将軍が即答しなかったのは、他の将軍の意見を聞かないといけないのと、メラルダの部下――しかも強力な部隊をこの国に引き入れて、大事があっては困るからだ。

味方と思っていた部隊が、国の中枢部に入ったあとで敵に変貌するのを心配している。

俺に言わせれば、もとから勝ち目がないのだから、警戒してもしょうがないと思うのだけど。上に立つ者は、そういう配慮も必要なのだろう。

「すぐに軍を引くわけではない。まだ余裕があるゆえ、結論は十分話し合ってからでもよいぞ」

「ありがとうございます。すぐに回答できるよう、他の将軍と早急に話し合っておきます」

「頼んだぞ」

こんな感じで二回目の会談はお開きになった。

メラルダが退室し、俺とファルネーゼ将軍で、意見のすり合わせを行った。

「ゴーラン、先ほどの話だが、どう思う?」

「いい話かと思います。この国だけではどう考えてもレニノスを倒すのは不可能ですし」

それどころか、南にある四つの国がこの国を虎視眈々《こしたんたん》と狙っている。それが厳しい。もとからそれほど交流がないため、対話によって友好度を高めるのはいまさら感が強い。かといって、攻め滅ぼそうにも、向こうは二国と二国で同盟を結んでいる。

「いくらいい話でも、魔王国の紐付《ひもつ》きになるのはごめんだぞ」

トラルザードの属国になることを懸念しているようだ。

「逆にそう思わせた方が攻められなくていいんじゃないですか？」

虎の威を……というやつである。

「そんな情けないことできるか！」

政治的な判断ができる将軍だと思っていたが、それでも魔界の住人のようだ。

負けてないのに強者の風下につきたくないし、まわりからそう思われたくないのだ。俺としては、評判なんてどうでもいいと思うのだけど。

メラルダは現在、賓客として城に滞在している。これから将軍たちを集めるのかと思ったら、すでに集めているらしい。素早いことだ。いや、あたりまえか。

「これからフェリシアに相談するが、他の将軍とも話し合って、明日までに結論を出す」

「明日ですか。素早いですね。そんなにすぐ結論が出ますか？」

「部隊の交換をするならば詳細を詰めなければならないし、断るならば代案を考える必要がある。決断は早い方がいい。それと、今夜は夜会をするからな。ゴーランも出席するように」

「ええっと、夜会ですか？」

「メラルダ将軍の来訪を大々的に知らしめるつもりだ。実は昨日から、宴の準備をしていた。状況的に開くか悩んでいたが、向こうが望んでいるなら、開くのも問題ない」

「なるほど、了解です。俺も出席させていただきます」

こんなボロいシャツとズボンでよければだけど。


あっというまに日が暮れて、夜会がはじまった。絢爛豪華《けんらんごうか》な室内に着飾ったご婦人たちが「オホホ……」とやっているアレを想像したが、少し違った。いや、かなり違った。

ドレスを着ている女性は皆無。みな質素なものだ。テーブルに料理がこれでもかと並べられ、上質な油を使ったランプがホールを照らし、まるで日中のように明るい。ここがとても贅沢《ぜいたく》な空間だというのが分かる。

「獣脂の匂いがしないのはいいな」

俺の村だと、灯りといえば、野生動物の脂に混ぜ物をしたロウソクくらいなものだ。煤《すす》が出るのと、獣の匂いがするので、俺はあまり使わない。

「ゴーラン。その姿、似合っているぞ」

ファルネーゼ将軍が俺の肩をポンと叩いて笑いやがった。俺は白のシーツを頭からかぶった服を着ている。周囲の有象無象もみんな同じ格好だ。将軍職にある者は軍服、文官は縦縞《たてじま》のやはり俺と同じ服を着ている。どうやらこれが正装らしい。

「以前城に来たときは、革鎧《かわよろい》でよかったんですけどね」

「そういえばそうだったな。あれからまだそれほど経っていないというのに……いやはや、最近は激動だな」

この国だけでも軍団長が出奔して、将軍が亡くなっている。

「それでメラルダ将軍はいずこに？」

先ほどから探しているが、主賓の姿がみえない。

「主賓は我々が全員揃ったところで登場することになっている。まだ先だ」

この夜会。主催はファルネーゼ将軍となっている。ゆえに将軍は会のはじまりからここにいて、采配をふるっている。偉くなさそうな者から順に出席するため、俺はこんな早い段階からいなくちゃならない。

「フェリシアはどうするんです？」

「呼ばん。あれはできるだけ存在を秘匿する」

こちらに軍師がいなければ、戦いのときに相手が舐《な》めてくれる。愚直に攻めてきたら、フェリシアの献策が火を噴く。つまり、軍師は秘匿してこそ、効果を発揮する。

各将軍が抱えている軍団長が入ってきた。俺は誰が誰だかよく分からない。それと城の文官たちの中に、ときどき種族が分からない者がいる。魔界に転生して十七年、村を訪れる商人、狩人、旅人などからできるだけ知識を仕入れてきたが、それだけでは限界がある。とくに種族については、教えてくれた人の偏見が入っていたりするので、実際に会って言葉を交わすと、事前のイメージが崩れたりすることもある。そういうわけで、この夜会を利用して声かけを行っているのだが……。

「…………」

無視されることも多い。どうやら、俺が着ている服が底辺の位を表すものらしく、色が付いていたり（強い）、柄が入っていたり（頭がいい）すれば、また違ったのだろう。

「それと、オーガ族だからだろうな」

はっきり言って、オーガ族は脳筋として名高い。久しぶりに開かれた夜会で、脳筋と名高いオーガ族と話すことなど、ないんだろう。

「俺もそう思っているような相手とは親しくはなりたくないしな。今日は諦めるか」

「ゴーラン、将軍たちがやってきたぞ。紹介しよう」

「はい、お願いします」

俺に話しかけてくれるのはファルネーゼ将軍だけだ。主催だというのに、その細やかな心遣いに涙が出てくる。

「ツーラート、彼が私の直属のゴーランだ。あのときの戦いで、ファーラ軍とレニノス軍を翻弄した猛者だよ」

「紹介にあずかりましたゴーランです。過大な紹介をされましたが、俺のことは一介のオーガ族と思ってください」

そう自己紹介して、軽く頭をさげる。

「あの作戦については俺も聞いている。その前にあった丘での戦いもだ」

ツーラート将軍はかなり無口なようで、実はこれだけ話すにも結構な時間がかかっている。将軍は巨人種トールトロル族。俺は将軍のへそまでしか身長がない。俺だって身長は二メートル超えなのに、将軍の半分しかない。デカすぎにもほどがあるだろ。

「ツーラートは、ゴロゴダーンに並ぶ力持ちでな。ゴーランも一戦してみたらどうだ。そういうの好きだろ？」

理知的かつ冷静な俺に戦闘を振るとは、ファルネーゼ将軍も冗談がうまい。

「はあ、では機会がありましたら、そのときはよろしく」

一生ないけどな！

「何しろゴーランは、一兵卒の頃から部隊長に下剋上を仕掛け、軍団長に喧嘩を売り、私にも喧嘩を売ったくらいだからな。もしかしたら、いい勝負になるかもしれんぞ」

「はっはっは……あれは若気の至りですよ」

止むに止まれぬ戦闘をそんな風に紹介したら、俺が戦闘狂みたいじゃないか。知らない人が聞いたら、誤解される。

「強敵を見かければ戦いを仕掛けるから、敵の撃破数は凄いことになっているぞ。その辺はまさにオーガ族らしいオーガ族といえるな」

だからその紹介はおかしい。戦場で部下を死なせないためには、部隊長が率先して戦うしかないんだから。

「いやー、もうその辺にしてくれませんかねぇ」

マジで誤解されそうで困るんだが。

「どうせツーラートにも喧嘩を売るだろうし、だったら先に一戦しておく方が、面倒がなくていいだろう」

「もう止《よ》せってんだよ！　奥歯ガタガタいわして泣かすぞ、ゴルァ！」

おっと、思わずファルネーゼ将軍の胸ぐらを摑んでしまった。首を斜めに傾けて顔を近づけたのは許してほしい。あと、足が宙に浮いているのも仕様だから。

つい、いつものクセで胸ぐらを摑んだが、日本にいた頃、地元のヤンキーにこれをやると、喧嘩が避けられて便利だったんだよ。

「なるほど……たしかに戦闘狂だな」

「ああん？　よく聞けや！」

何言ってんの？　この人。耳が遠いんじゃないの？　俺はツーラート将軍の片耳を口元まで引っ張って、怒鳴ってやった。

「お、おい、ゴーラン」

ファルネーゼ将軍が慌て始めた。いや分かっている。ツーラート将軍に無理な体勢をとらせてしまった。だがこんなの、魔界じゃ日常茶飯事。仔猫《こねこ》がじゃれ合っているようなものだ。

「そういうことなら、受けて立とう」

「ん？」

受けて立つってどういうこと？　ファルネーゼ将軍が慌ててる。

「ゴーラン、ツーラート、ここはひとつ、余興でどうかな」

「分かった」

「コッチもそれでいいぜ、コテンパンにしてやるよ」

なるほど、余興か。みんな退屈してるんだもんな。いっちょ盛り上げてやるか。

俺は野暮ったい白い服を脱ぎ、パンプアップした筋肉を見せつけて挑発する。すると、ツーラート将軍も軍服の前をはだけ、上半身裸になった。

さすが将軍に任命されるだけのことはある。余興の意味をよく分かってらっしゃる。

周囲の夜会参加者たちが、何事かとこちらに注目している。俺は将軍を指さし、そのまま自分の首を掻き切る仕草をした。周囲が「オオオオッ」と盛り上がる。そう、これは余興だ。俺とツーラート将軍は、示し合わせたわけではないが、この夜会を盛り上げるために、文字通り「ひと肌脱いだ」わけだ。これなら、夜会に参加したメラルダ将軍の噂もすぐに広まる。

「デカいのは図体《ずうたい》ばかりか？　ああん？」

早く来いとばかり、俺は指先だけで将軍を手招きする。周囲の連中は、この場で戦いがはじまると思って逃げ……ないな。「やれー」「いけー」とか大いに興奮している。さすが魔界だ。

俺も将軍も丸腰だ。だからこそ余興が成り立つともいえる。

「どうやら本気のようだな」

ツーラート将軍の威圧が増す。何かの特殊技能か？　この威圧を浴びた周囲は、ふたつの集団に分かれた。距離を取る者と、意に介せずに観戦を続ける者だ。

「先手は譲ってやるよ。ただし、本気で来いよ。俺はおっかねーぞ、ゴルァ！」

「後悔する間もなく、沈めてやる」

ツーラート将軍が突っ込んできた。さすがトールトロル族、迫力満点だ。俺は右足を伸ばし、カウンターで将軍の膝を蹴り押した。これは膝を壊す技で、格闘技では反則、禁じ手とされている。

——ガツン

全体重を足の裏にのせて将軍の膝頭を蹴り抜いたのに、突進の速度がやや落ちた程度だった。

これが将軍にまで上り詰めた男の突進力か。さすがすぎる。だが、いまので十分。

「よっ！」

摑みかかる将軍の腕を俺は手の甲で払い、そのまま円を描くように手を回す。膝を止められ、いまの回避でバランスを崩した将軍は、いい感じに前傾姿勢となった。俺は将軍の手首を両手で持って、気と気を合わせる。重要なのはタイミングだ。

「はっ！」

俺は将軍の手首を握ったまま、重心を下げる。将軍の体重がかかった瞬間に腰を入れて、背負い投げをした。すると将軍は、脳天から床にダイブした。ズズンと地響きが起き、将軍の頭は、半ばまで床にめり込んだ。

「いい眺めだぜ、将軍サマ。……だが休みには早《はえ》えんだよ、コラァ！」

床から頭を抜いたツーラート将軍は信じられないという顔を俺に向けたあと、周囲の観客たちに視線を送り、顔を真っ赤にして立ち上がった。

「生きて帰れると思うなよ」

ツーラート将軍の脅しに、俺は笑みを浮かべて応えた。

「上等だ。まずは俺に触れてみな。話はそこからだぜ」

俺がせせら笑うと、将軍は天に向かって吠えた。空気がビリビリと震える。声に魔素が乗っている。観客たちの半数が恐慌状態に陥った。ちなみに俺は、鈍感なのでこういうのは効かない。

握った拳をモグラ叩きのように振り下ろしてくる。もちろん避けるのは簡単だ。それだけじゃつまらない。振り下ろす腕の方向を変えてやり、将軍の背中を床に叩きつけた。

床に大きなヒビが走る。この石畳、脆《もろ》いな。

将軍はすぐに起き上がって襲ってくるが、それは想定内。というか将軍、ノリノリだな。全力で余興を盛り上げようとしてくれる。こうなると俺も応えてやらなきゃって気になってくる。

俺は将軍と呼吸を合わせ、気も合わせる。するとどうだろう。将軍が何をしたいのか、大体分かってくる。どこに力を加えればいいかまる分かりだ。生前の日本で学んだ『合気』がこれほどハマるとは、ツーラート将軍恐るべし。行動がモロバレですよ。

夜会は、俺と将軍の独壇場だ。もう何度、将軍を床に叩きつけたか分からない。石畳は無事なところがないほど、ボロボロになっている。

「さて、そろそろフィナーレといこうか」

何十回目の床へのキスを終えた将軍は、歯ぎしりしながら俺を見つめる。凄いのは、俺が本気で叩きつけても、将軍にはかすり傷ひとつついていないことだ。駄兄妹を転がすときはいつも手加減している。これほど容赦なくやったら、アイツらでもバラバラ死体になっていることだろう。オーガ族の力を存分に発揮するというのは、そういうことだ。だが、ツーラート将軍は無傷。上位種族の中でもトールトロル族はタフだと思っていたが、これほどとは、予想していなかった。

フィニッシュは派手にいこう。ここまでの攻防は玄人は泣いて喜ぶ高度な技術が満載だったし、見た目にも小兵《こひょう》がデカい相手をポンポン投げるのは痛快だったはず。だが、終始それだけでは、インパクトに欠ける。将軍もそのことが分かってくれればいいんだが……と思ったら、ちょうどよく両腕を開いて俺を捕まえにきた。俺とハグしたいのか？

——グガァアアアアア！

将軍の咆哮は相変わらず、声がデカい。耳を塞ぎたくなるのを堪えて、俺は初めて正面から将軍の突進を受け止めた。

「グガッ？」

これにはコツがある。重心と力のかかる方向をうまく見極めると、俺でも将軍の突進を受け止められる。俺に避けられるのを怖れた将軍が、全力を出せてないからだけど。

「ふんぬっ‼」

俺は将軍の身体を持ち上げた。オーガ族の膂力をもってすれば、こんなの……結構キツい。だがここはやせ我慢だ。俺は将軍を持ち上げたまま一歩、二歩と歩いていく。

「いくぞぉ、オラァ！」

速度を上げて、俺はジャンプした。空中で姿勢を変えて、俺の体重ごと将軍を床に叩き落とした。これは『オクラホマ・スタンピード』というプロレス技だ。これまで以上の地響きがわき起こり、将軍の身体が半ばまで石畳の中に沈んだ。

衝撃で観客の身体も高く舞い上がった。うん、やはりプロレス技はいい。フィナーレを飾るに相応《ふさわ》しい一発だっ……ん？

ツーラート将軍がゆっくりと起き上がってきた。マジか、余興だぞ。これでも足らないのか。なるほど、たしかに派手な技だが、一発で終わらせるには物足りないのか。

俺は周囲に素速く目を走らせた。

「あれだっ！」

天井からぶら下がっているシャンデリア。ロウソクの炎が揺らめいている。

「そこの！　ちょいと肩を借りるぞ」

背の高い種族の肩に飛び乗り、そこから次々と乗り移って、最後は巨人族の肩まで借りてシャンデリアに摑まった。観客は俺が何をするのかと、見上げている。

「ウォー！」

初めて俺は吠えた。そしてようやく立ち上がった将軍目がけてジャンプ。膝を将軍の後頭部に合わせる。頭を固定した重みで将軍は前に……倒れた。

――ズズーン
将軍の頭は、俺の膝と床でサンドイッチだ。これがプロレスの技の中でも、高難易度を誇る『仔《こ》牛《うし》の焼き印押し』だ。

床の破片が舞い散る。だが将軍は動かない。俺は立ち上がり、右手を高く掲げた。

「ダァー！」

決まった！　そう思った。だが、足もとで将軍が起き上がってくるのが分かった。さすがにこれ以上は、余興の範囲を超えるぞ。そんなとき……。

「ふむ。よもや主賓が蔑《ないがし》ろにされるとは思わなんだ……じゃが、不思議な光景よの」

メラルダ将軍の硬質な声が会場に響いた。俺もツーラート将軍も固まって動けない。魔素に鈍感な俺でも分かる。これ、動いたら死ぬやつだ。

「あれ？　もしかして、怒ってます？」

「のう、ゴーランよ。この夜会は我のためではないのかえ？　なんじゃ、この惨状は」

返す言葉がない。会場はもうボロボロだ。たしかに「おもてなしの精神」からしたら、これは大失敗。主賓が怒るのも無理はない。

「いやこれは、会場を盛り上げるための余興でして……ただちょっと熱が入ったかもしれませんが、あはは……」

「ほう、余興とな？」

「本当ですよ。その証拠に、ほらっ、ツーラート将軍なんか、無傷ですよ」

「たしかにぬしの殺気はなかったが、大きい方はどうかな」

「何事もハンデってやつです。分かりますよね」

俺がそう言うと、メラルダ将軍は「なるほど、ハンデか」と納得……してくれなかった。

「我はぬしがハンデをつけるほど強いとは思えんな。魔素量は我の百分の一くらいであろう。木っ端なオーガ族がハンデとは片腹痛いぞ」

「よしその喧嘩買った！」

なんだ、メラルダ将軍も余興に交じりたかったのか。なるほど、見ていてウズウズしたのだろう。魔界の住人は、これだから血の気が多いと言われるんだ。俺のように理知的ならまだしも、目の前で戦いを見せられると、すぐにこうなる。

「ほう、我に喧嘩を売ると？」

「違えよ。アンタが売った喧嘩を俺が買ったんだ。……いいぜ、相手してやるからかかってきな」

「ほぅ……吐いた唾は飲めんぞ、若造」

「四の五の言わずにかかってこいって言ってんだ、ババア」

「ふふふふふ……よかろう。ぬしはここで殺す。よいな」

メラルダはファルネーゼ将軍の方を向く。ファルネーゼ将軍は真っ青な顔で頷いた。

「年寄りはいたわるように教えられているからな。俺は手加減してやるぜ」

「口だけは達者であるな。……よかろう、その心意気に免じて、我はぬしを一撃で殺す。それを受けられたならば、ぬしの勝ちでよいぞ」

「愚問だ。ちゃんと一発お見舞いしてやるよ。俺は優しいからな、それで許してやる」

「ふっふっふっふ……」

「はっはっはっは……」

俺とメラルダは互いに笑いあった。

瞬間、メラルダの姿が掻き消えた。と思ったら、俺の目の前に出現して、俺の心臓に腕を突き刺していた。

「……って、思うだろ。残念でした」

心臓を穿《うが》たれる前に、俺が突き出した肘が、メラルダの鼻を撃ち抜いていた。メラルダはのけぞり、「なぜ？」と混乱している。

「一発入れたし、俺の勝ちでいいよな。違うか？」

畳みかけるように俺が言うと、メラルダはしばらく呆然《ぼうぜん》としていたものの、「ぬしの勝ちじゃ」と認めた。

実はこれ、メラルダが何をするのか分かっていたので、対処できたのだ。メラルダが会談終了後に消えたとき、俺は『瞬間移動』だと思った。だが、二度目に見たとき、違和感があった。あまりに『瞬間移動』にしか思えないがゆえに、違うんじゃないか？　と思うようになったのだ。そしてありとあらゆる可能性を考えた結果、ひとつの結論に至った。

「あれは、手品と高速移動の合わせ技ではないか？」

手品師が右手を振っている間に、左手でタネを用意する。それと同じではないかと思った。そしてメラルダと相対して分かった。メラルダは魔素をうまく使い、相手の気を逸《そ》らす。いないのに、いるようにみせるのだ。つまり魔素でつくった姿を俺たちに見せていた。本人は高速移動でその場にはいない。痕跡も消している。だが、相も変わらず、俺たちはメラルダが移動していないように見えている。魔素が消えると姿も消える。あたかも『瞬間移動』を使われたように感じたわけだ。

だから俺は半身をずらし、メラルダの高速移動に合わせて肘を置いた。ネヒョルと戦ったときと同じ先読みだ。

メラルダの攻撃は空振り、俺の肘はメラルダの鼻骨を強かに打った。種明かしすれば簡単な話だが、魔素を見る目に長《た》けた者ほど、これには騙されるはず。

「というわけで、ちょっとした余興でした」

俺は観客に向かって、恭しく頭をさげた。すると、ポツポツとだが、拍手が鳴り始めた。周囲はまだ戸惑っている。だがメラルダが拍手し出すと、他もそれに倣い、多くの拍手で会場が包まれた。どうやらこの余興は、成功したらしい。観客に対して、俺はもう一度頭を下げた。

ツーラート将軍との余興が終わり、夜会は再開された。いつの間にかメラルダ将軍が登場していたのには驚いたが、どうやら俺が思っていたより、長い時間、戦っていたらしい。

漆黒の翼を持った鴉天狗《からすてんぐ》みたいなのがやってきた。飛天族のダルダロス将軍だろう。ダルダロス将軍は部下に慕われ、実直な性格から他の将軍からの信頼も厚いという。

「さっきのは凄かったな。ツーラートが何度も自分から倒れたように見えたが、そうじゃないのは、奴を見ていればよく分かる。あれ、どうやったんだ？」

「ちょっと説明は難しいですね。……そうだ、試しに俺を投げ飛ばしてもらえますか？」

ダルダロス将軍は片手で俺を投げ飛ばそうとした。将軍クラスになると、俺くらいの体重だと、ちょっと重い石くらいにしか感じないのだろう。俺はダルダロス将軍の手首をとり、逆に捻《ひね》った。

そのままだと手首が折れるが、ダルダロス将軍は身体を捻って躱す。もちろん俺はそれを待っていた。将軍の重心が動いた瞬間、将軍がひっくり返る方向へ力を加える。普通なら背中を床に打ち付けるのだが、ダルダロス将軍は翼をバサリとやって、一回転して着地した。

「すごいな。危うくツーラートの二の舞になるところだった」

「驚いてくれて何よりです。……まあ、こんな感じで、力は要らないんですよ」

「なるほど……ではこうすると？」

「こう返しますね」

またも床に叩きつけられるところを翼で躱してくる。ただ、ヨロけるのは避けられないようで、俺がここで足を払ったら、ひっくり返るだろう。やらないけど。

「これは駄目だな。本気になってしまいそうだ」

「よしてくださいね。これ以上の余興は必要ありませんので」

ダルダロス将軍と格闘談義をしていたら、ファルネーゼ将軍がやってきて、俺の脇を肘で突っついてきた。

「主賓が来るぞ。ちゃんと挨拶しておくように」

こちらに歩いてくるのはメラルダと、その後ろに男女がついてくる。そういえば、余興があったため、主賓の登場が有耶無耶になっていたんだっけ。そしてここには将軍がいる。うん、メラルダが来るわけだ。

「男がハルムで女がミニシェ。両方とも晶竜族《しょうりゅうぞく》だ。覚えとけ」

ファルネーゼ将軍が囁いてくる。お付きも竜種か、豪勢だな。晶竜族の男女も平安時代の貴族のような格好をしている。男は若草色、女は白と赤を基調とした狩衣姿《かりぎぬすがた》だ。なんとはなしに見ていると、不思議なことが分かった。供の二人は、体幹のブレなさ具合や重心の移動が、昔俺がよく見た人たちに似ている。

「……武術を嗜《たしな》んでいるとか？」

これでも俺は幼少の頃から道場で鍛え上げられた身だ。大会などに道を究めた年配の人が来るが、みな同じような動きをしていた。どんな武術にしろ、体幹を鍛えると、面白いことに体捌《たいさば》きが似通ってくる。

「久しぶりに見たな」

魔界では剣道、柔道といった、武を通して道を究める考えが発達していない。弱い者が技術で勝つ発想がないのだ。ゆえに練習、特訓、訓練、鍛錬、何でもいいが、そういった地道な努力と無縁だったりする。強くなりたければ、喰って寝ろ。そうすれば身体ができあがる。それが正解だと考える連中がほとんどだ。

晶竜族は、徒手格闘が得意なのだろう。珍しいなと眺めていたら、メラルダ将軍に微笑《ほほえ》まれた。

「先ほどは見事じゃったの」

「偶然ですよ」と謙遜してみる。

「偶然で我の技が破られたら、立つ瀬がないの……まあいい。強き者ゴーランの名は、しかと覚えておこうぞ」

「そう言ってもらえると、嬉《うれ》しいです」

これは本当だ。メラルダほどの強者に名前を覚えてもらえるなんて、滅多にあることじゃない。

「してゴーランよ。いまリーガードをどう攻めるか考えておったのじゃ。ぬしはどう思う」

「破壊の魔王リーガードですか。攻めるのは軍ではなく本人ですか？」

「そうじゃ。といっても奴は、種族名すら分からんがの。どうしたもんか、悩んでおる」

隣でファルネーゼ将軍が苦笑している。小国のいち将軍には、魔王を倒す方法など答えづらい話題だろう。

魔王リーガードの種族は不明。種族名が分かると、攻撃方法や特殊技能、それに弱点などが詳《つまび》らかにされるので、進化種ともなると、もとの種族を隠す傾向にある。リーガードは起源種《オリジン》らしく、どの種族か分かっていない。通常、配下から類推できたりするが、魔王ともなると多数の種族を抱えているため、特定は難しい。

「たしか立派な角が生えていると聞いたことがあります」

「そうじゃ。鬼種は起源種も多かったな」

「はい。もともと鬼種は弱い種族ですから進化も容易、魔界でも数が多い方です。起源種も生まれやすいと俺は思っています」

それでも破壊の魔王に繋がるかといえば……どうだろう。リーガードの噂でよく聞くのが、単体で軍を壊滅させたとか、町をひとつ破壊したとか物騒なもの。ついた呼び名が破壊の魔王。とにかく「すべて壊さなきゃ、気が済まないのか」と周囲が嘆くほどだ。

「リーガードが鬼種ならば魔法が使えず、魔法耐性がないですから、専用の部隊を用意して包囲殲滅が基本でしょうけど」

「ふむ……けど？」

「長年魔王として君臨しているならば、魔法主体の敵と戦った経験が皆無とは思えません。対策をしてあるか、鬼種ではない可能性がありますね」

「なるほど。それで？」

「魔王の呼び名からも、性格的に慎重とは無縁でしょう。誘い込んで他と引き離してから戦う感じでしょうか」

「ふむ。ゴーランよ、おぬしならどこへ誘い込む？」

「深い谷底ですね」

そこから抜け出すのが大変ならばなお良い。谷底の場合、暴れれば暴れるほど、危険度は増す。

「果たして谷底に追い込んだだけで、リーガードを倒せるかのう」

「いえ、倒すのはリーガードのいない部隊です。リーガード自身はそこに釘付《くぎづ》けにさせて、全力で魔王の部隊を壊滅させます。谷底ならムチャできませんし」

強大な魔王と強力な軍が一緒にいるから脅威なのだ。魔王単体ならば、同じ魔王軍で囲めば、倒せると思う。

「なるほど、面白い手じゃな。どうだ、我の言った通りじゃろう？」

メラルダは左右にいるお供の二人に話しかけている。いま、もしかして俺を試した？

「戦略を語るオーガ族がいたぞ」

「メラルダ様、ご冗談を」

「いやいや、本当だぞ。だったら試してみるか？」

こんな流れではなかろうか。

メラルダが上機嫌で、向こうに行ってしまった。主賓だから、一ヵ所に留まるのも無粋なのだろう。俺はファルネーゼ将軍に、老婆心ながら警告しておく。

「あの護衛たち、相当できますよ」

「まさか。あれは晶竜族だぞ。晶竜族は、見目麗しい反面、戦闘力はほとんど持たない種族、飾りも同然のはずだが」

意外な言葉が返ってきた。

「足捌きひとつとっても、かなりのものですよ。竜種ならば力も強いでしょうし。無手でも俺たちを制圧できるくらいには鍛えていると思いますが」

「……本当か？」

「ええ、強者には鼻が利くもので」

「迂闊《うかつ》だったな。晶竜族は戦闘力を持たないと言われていたので、信じてしまった」

「それを言い出したのって？」

「魔王トラルザードの国からやってくる商人たちだ」

「だったら金を握らされているか、嘘の情報を流されたかもですね」

向こうにも軍師に相当する者がいるのだろう。なにしろ魔王国なのだ。

「してやられたか。魔王国は一筋縄ではいかんな」

将軍の顔が険しくなった。いまのところは味方だが、それでも気を抜くわけにはいかなそうだ。

夜が更けても、夜会は大いに盛り上がったままだった。広い会場のあちこちで殴り合いの喧嘩がはじまっている。酔って気が大きくなったり、滅多に顔を合わせない種族が出会ったりするのだ。

多くの場合、「やんのか」「たりめえだ」と、すぐに殴り合いがはじまる。そうなると軍団長が出てきて「外でやれ」と一喝する。俺は見ていないが、今頃は城の中庭あたりで、数組が取っ組み合いをしていると思う。

「今宵《こよい》は、十分楽しめたぞ」

メラルダはずっと上機嫌だ。その様子を見る限りは、夜会は成功したと言える。ファルネーゼ将軍の面目も立ったといえよう。

「では我らはそろそろ退出する。また明日じゃ」

ヒラヒラと手を振り、メラルダは帰っていった。主賓が退場したことで、本来ならばこのままお開きになる。だが、飲み足りない、食い足りない連中が大勢いる。テーブルの上の料理が綺麗《きれい》になくなるまで、夜会は続く。それが分かっているのか、まだまだ人は減らない。

「ゴーランはどうするんだ?」

「もちろん、腹一杯食べていきます」

俺の場合、激しく動いたり、メラルダやファルネーゼ将軍と話していたので、実はあまり食べていない。だったら、夜会がはじまる前に腹に入れておけばいいと思うかもしれないが、上役が登場しないうちに顔を売っておきたかったため、動き回っていた。

「それでもオーガ族は敬遠されていたけどな」

底辺の脳筋なんかと話す価値なしと、散々な扱いだった。まあそれはいい。

残った料理を大皿にまとめて、俺が遅めの食事をしていたら、何人かがやってきた。俺と話をしたいらしい。なぜ夜会も終わりになって……と思っていたら、顔に見覚えがある。夜会の最初に俺を無視した連中だ。自己紹介を受けて話を聞いてみると、何のことはない。俺がファルネーゼ将軍やダルダロス将軍と親しそうに話したり、メラルダと親しげに話したのをずっと羨ましげに見ていたのだ。すわ大物だったのかと、慌てて擦り寄ってきたようだ。

他種族とコミュニケーションをとりたかったのだが、将軍に紹介してほしいという願望が透けて見えるため、ものすごく萎えてしまった。そんなのに囲まれたが、面倒なので、全員をいなして会場を出る。最後は「なんだかなぁ」という気分にさせられた。

翌日、メラルダとの会談に出席した。ファルネーゼ将軍は昨日と今日を使って、各将軍と話を詰めたらしく、晴れやかな顔で会談に臨んでいた。

「部隊の交換はこちらとしても否《いな》はありません。ぜひお願いしたいところです」

「そうか。それはよかった」

呆気《あっけ》なく話がまとまってしまった。レニノスやファーラの台頭を阻止するために力を借りるのだ。強力な戦力の使いどころさえ間違えなければ、十分勝機はある。

「細かい内容にも合意できるよう、これから話し合って詰めていくことになりますが、部隊の交換はいつ頃を予定していますか」

期日を決めるのは大切なことだ。そこから逆算して、準備を進めていかねばならない。

「交換の日程か。いまより三十日後でどうであろう」

「三十日後……構いません。それまでには、準備できていると思います」

三十日も猶予があれば余裕だ。なにしろ最近は防衛戦が数度もあったので、兵を集めて移動させる経験をしっかり積んでいる。

「これからの話し合いに必要なのは、部隊の数と持参するものじゃな。食糧はある程度持ち込むとして、装備が違えば、交換もままならぬだろう」

「なるほど。種族によって食べるものが違いますから、部隊が決まったら、その詳細を詰める必要がありますね」

「それと部隊の運用じゃな。独立させるかどこかに組み込むか。希望を聞いておかねばな。行った先で混乱が生じても困るしのう」

どうやらただ部隊を交換すればいいわけではなさそうだ。実務はコボルド族が受け持つだろうが、話し合いである程度決めておかないと、動くに動けない。

「希望を聞いて、揃えられるものはできるだけこちらで揃えておきます」

「うむ。頼んだぞ。我の方はいまだ行動中ゆえ、さしたる準備は必要ない」

メラルダ側では、必要なものは揃っているらしい。だとすると、三十日間の猶予期間を使って準備をするのは、こちら側だけになるのか。

その後もいくつかの取り決めをして、メラルダとの会談が終了した。今後はメラルダも代理人を立て、ファルネーゼ将軍の町でやりとりを行うらしい。すでにメラルダ軍は近くに来ているので、往復の時間もそれほどかからないという。

「いやー、終わってよかったですね」

これは俺の正直な気持ちだ。急に村から呼び出されて困ったが、これで村に戻ることができる。しばらくゆっくりしてもいいし、部下を鍛えてもいい。とにかく、血なまぐさい戦争の話は御免被りたい。

俺はゆっくりと空を見上げた。真っ白な雲がゆるやかにたなびいていた。

「良い天気だ」

本当にそう思う。

*

小魔王メルヴィスの眠る城は、この国の中心地にある。現代日本風に言えば、首都だ。

「さあて、このまま真っ直ぐ帰るってのはツマランよな」

このあと、しばらくゆっくりできるのだ。今回の件で、国の方針が決まった。まず、三十日後にやってくる魔王トラルザードの部隊。これは小魔王レニノス戦への切り札として使う。レニノスやファーラの台頭を許したくないメラルダの意向を受けてやってくるのだから、そこらの兵とはレベルが違うだろう。

「侵攻軍は……ダルダロス将軍の出番だな」

ゴロゴダーン将軍が倒れたいま、新しく将軍になったツーラートは、再編した軍の訓練を施さねばならない。実戦はまだ早いと思われる。俺が所属しているファルネーゼ将軍の部隊は、おそらく王都の守りとなる。これまで連戦だったことと、前回少数ながらもレニノスを倒しに向かったり、ファーラ軍をおびき寄せたり（これは俺の仕業だが）、様々な活動をした。

ローテーションからしても、ファルネーゼ将軍の出番はない。

「城の守りくらいなら、俺も参加していいかな」

連戦続きだったのは俺も同じで、今度こそゆっくりと休みたい。それでも観光がてら、城に詰めるのもいいとは思っている。なんにせよ、ダルダロス将軍と隣国からやってくる精強な部隊に期待だ。

「おっ、甘そうな果物だな」

というわけで俺はいま、町で絶賛買い物中だ。部隊長から将軍直属の部下になったおかげか、給金もそれなりにもらっている。ここで使わなくて、どこで使うのか。

「お兄さん、これはダルダロス将軍の町から仕入れたものなんだ。この辺でも滅多に口にできないものだよ！」

草色の髪の少年に見えるが、これでも立派な大人だ。グラスランナー族といって、草原で暮らしている戦闘には向かない種族だ。

「初めて見る果物だな。俺の村で見たことがない」

「そうでしょ！　これすっごく甘いんだから。断崖の中腹にしか生えないんで、翼を持った一族しか採取できないんだよ」

この世界の甘味にはいくつか種類があるが、果物の甘味はわりと一般的だ。パイナップルのような見た目だが、手に取って匂いを嗅ぐと、やたら甘い芳香がした。

「ひとつもらおうか」

「はい。まいどあり～」

初めて見た果物。普通はどうやって食べるのかと悩むところだが、オーガ族は違う。俺は口を大きく開けて、その半分をかみ砕いた。

「……ん。なるほど。果肉は甘いな。中心部がやや硬いのは種を作るからか？」

果物は大変みずみずしく、美味《おい》しかった。もう一口で残り半分を咀嚼《そしゃく》し、唖然《あぜん》とした顔をしているグラスランナー族に、顔を近づけた。

「これはあといくつある？」

「えっと……麻袋の中に四つかな」

「よし、全部もらおう。袋ごとくれ」

「……は、はい！」

大きさもパイナップルくらいか。グラスランナー族は背負ってきたようだが、俺にはコンビニの袋程度の負担でしかない。

「いい土産ができた」

サイファとベッカにも喰わせてやろう。きっと喜ぶはずだ。

「……そういえば、リグにも何か買ってやらんとな」

副官のリグにはいつも世話になっている。向こうは職務の一環だと思っているだろうが、身の回りの世話も結構やってもらっている。こういうときに、受けた恩を返しておくのもいいだろう。

「これなんか、いいな」

綺麗な箱を売っていた。寄せ木細工に似ている。手先が器用なレプラコーン族あたりが作ったものだろう。あの種族は木工や細工が得意だと聞いている。少々値の張るものだったが、先行投資という面もある。これで喜んでくれるならば、安いものだ。

「忘れちゃいけない、ペイニーもか」

これで死神族のペイニーだけ土産がないとよろしくない。口では何も言わないだろうが、それがかえって気になりそうだ。

「さて、ペイニーね。何がいいか……」

真剣に露店を見て回るが、これといったものはない。そもそも魔界の住人に土産を買う習慣がないのだろう。土産物屋みたいな店がない。そして魔界の住人に「着飾る」という習慣もない。いや、あるのだが現代日本のような感覚ではない。せいぜいが他者と区別するため、なにかを身につけるくらいだ。

「……これがいいかな」

目に付いたのは傘。この世界だって、雨が降れば傘を差す。蓑《みの》のような雨よけを纏《まと》うこともあるし、濡《ぬ》れても気にしない種族もいる。だが、多くの種族は傘に似たもので雨をよける。そして俺が見つけたのは、軽くて明るい色の傘。日傘に近いものだ。

「これで全員分の土産は買えたな」

普段から俺の家に集まっている連中は、これで全部だ。奴らの喜ぶ顔が目に浮かぶ。俺はホクホク顔で村へ急いだ。

「帰ったぞ！」

土産の袋を抱えたまま、俺は家の戸を開けた。

「ゴーラン様、おかえりなさいませ」

「おう、リグ。変わったことはなかったか」

これはいつものやりとり。

「ゴーラン、おかえり」

「ようやく帰ってきたな」

「おかえりなさいませ」

サイファとベッカの駄兄妹、リグとペイニーもいる。

「ちょうどよかった。みんなに土産が……」

「ゴーラン様。変わったことといえば、先ほどファルネーゼ将軍の部下の方がいらっしゃいまして、魔王国へ向かう部隊をゴーラン様に任せたいので、至急部隊を編成して、将軍の町まで来るようにとのことです」

「なんだって……!?」

「交換する部隊をゴーラン様にお願いするので……」

「いや、聞こえている」

「…………」

俺たちとメラルダの部隊を交換するだと？　休息はどこへいった？

脱力した俺の腕から、土産物が音を立てて床に落ちた。転がっていく果物に、ベッカが「いいにお〜い」と甘い声をあげた。

「……マジかよ」

足もとで何かが崩れ落ちた気がした。気がついたら俺は、両膝をついてうなだれていた。いつの間に？

「ゴーラン、これオイシイよ〜」

「なあ、これ。喰ってもよかったんだよな。もう遅いけど」

ベッカとサイファの陽気な声が耳に入る。土産を勝手に喰われていることも気にならないほど、俺は動揺していた。部隊を交換させるというのだから、てっきり前回戦った俺たちは選ばれないと思っていた。待機要員から出すはずはないと、勝手に考えていたのだ。

「どうしたの、ゴーラン？」

さすがに不審に思ったのか、ベッカが顔を覗《のぞ》き込《こ》んできた。

「ちょっと……いやかなり心労になりそうな報告を受けてな。それより、土産はどうだ？　美味しかったか？」

「うん。すごく美味しかったよ」

果物を四個買ったはずだが、四個ともない。みれば、ベッカとサイファが二個ずつ食い終わっていた。勝手に食うのは構わないが、全部食うことはないだろ。俺だって楽しみにしていたのに。呑《のん》気《き》に味の品評会をやっている駄兄妹を見て、コイツらは絶対に連れていこうと固く誓った。

気を取り直して、リグとペイニーにも土産を渡す。リグに細工した木箱、ペイニーには日傘だ。

二人とも恐縮していたが、俺が日頃の感謝の印だと言って、強引に受け取らせた。勝手にむさぼり喰った駄兄妹とえらい違いだ。

そして夜、リグと二人だけになったときに、詳しい事情を聞き出した。

「すでに決定事項の印象を受けました」

俺が城を出るときには、まだそんな段階まで行っていなかった。土産を買うなどの寄り道をしたし、ゆるゆると街道を歩いて戻ってきた。その間に城で方針が決まったのだろう。

「部隊についてなにか言っていたか？」

「部隊を編成して連れてくるようにと。ただし、メンバーが決まったら連絡ほしいそうです」

「物資について触れられてないなら、将軍が用意してくれそうだな」

村に余分な蓄えはない。戦争に行くならば、それに見合った物資が支給されるが、これはそれとも違う。自前で用意しろと言われたら、いろいろ困る。

「他になにか気づいたことはあるか？」

「ゴーラン様が到着なさっていないのを知っていたように思います。直接私のところへきましたし、ゴーラン様を探す素振りもありませんでした」

「……なるほど」

俺が城と村を歩いて移動しているのは、ファルネーゼ将軍も知っている。伝令は騎獣に乗ってきただろうし、俺よりも早く到着するのは可能だ。ただし、村に入って俺の所在を確認しなかったり、俺の帰りを待たず、副官のリグに言付けただけで帰還していることから、俺がいない方が事がうまく運ぶと考えたのだろう。なんとなくだが、フェリシアの入れ知恵の気がする。将軍は面倒でも筋を通そうとするタイプだ。

反対にフェリシアは、過程より結果を重んじる。ぐだぐだと言い合いをやって、何度も使者が往復する労を嫌ったのではなかろうか。

「命令ならば、従うのは確定だろうしな。……まあいいか」

俺が村にいたら文句のひとつも言ったたし、ゴネるくらいはしていたはずだ。それを見越したのだろう。よし、今度将軍に会ったら、盛大に文句を言ってやろう。

「さて……これからだが、どうするかな」

部隊を編成するのはやぶさかでない。だが、村のこともある。

「信頼できる者に任せるしかないだろうな……よし、リグ」

「はい、何でしょうか」

「お前は兵を選抜してくれ。そのとき、長期の遠征になることを忘れずに伝えてくれ。しばらく村に戻ってこられない、それでもいいと言う者たちだけを集めてほしい」

「分かりました。数についてはいかがしましょうか」

「集まった中から決めればよい。最終的な選抜は俺がするから、そのことも話しておいてくれ。俺は少し村を出るから、連絡がつかなくなると思う。できるか？」

「かしこまりました。問題ありません」

リグは言われたことを忠実にこなしてくれる良い副官だ。仲間集めもきっとうまくやってくれるだろう。

「では頼む。俺は少し用事があるから、村を回ってくる」

「分かりました。いってらっしゃいませ」

この国はいま、戦争に巻き込まれている。留守を預かる者の責任は重大だ。

いままでこの国が襲われなかったのは、どの国もメルヴィスが起きるのを恐れていたからだという。それに多大な戦力と、多くの犠牲を出してまで小国を落とす意味がなかったのだろう。だが、魔界はいま混沌《こんとん》の様相を呈してきており、俺たちも無関係ではいられない。

「まず、あそことあそこに行って、話を通さねえとな」

メラルダが告げた期限は、三十日後。俺が村に帰るまでに五日かかっている。連中を引き連れて城まで向かうのに十日を見ておくとして、残りは十五日。そこから国境を越えたり何なりするのに五日くらいかかるだろうか。

「村を出るまでの猶予は十日間か。なにげに短いな」

軍を編成して出発できるようにするのに十日間しかないのは厳しい。明日から俺が村を離れるとして、七日間ほどで戻った方が良さそうだ。移動だけでもそのくらいかかるので、かなりタイトなスケジュールになると思う。

「……ったく、はじめから城にいる連中で部隊を選抜しておけばよかったものを」

愚痴のひとつも言いたくなる。本当に、人生いや、鬼生はままならないな。

翌朝早く、みなが寝静まっている時間に、俺は村を出た。

「最近、一人旅ばかりだ」

これでは独り言ばかり多くなってしまう。

「はぁ、憂鬱だ」

俺の気持ちとは裏腹に、雲ひとつない青空が広がっていた。

*

俺はラミア族が住む洞窟に向かった。彼らの場合、「住む」よりも「棲む」だろうか？　いや、それは失礼か。なんというか、彼らは文化的な生活をしていなそうなので、棲息《せいそく》しているというイメージが強い。

ラミア族は半人半蛇の身体を持ち、水中での生活を好むため、町中での暮らしは難しいだろう。そういう意味では「棲む」もあながち間違いではないかもしれない。それはいい。ラミア族のテリトリーは、洞窟内と外の池と湿地帯周辺だ。それより外に出ないのならば、棲みつくのは黙認することになった。このまま何事もなく月日が流れて、俺たちとの間に信頼関係ができれば、力を貸してくれることもあるだろう。そのときあらためて、国の支配に入る話をしてもいい。

「あれで強力な種族だしな」

あのあと、俺はラミア族について調べてみた。するとちょっとシャレにならない力を持っていることが分かった。意外なことに彼らは魔法が使える。水魔法に適性があるようだ。

彼らは水中でも呼吸ができる。そしてオーガ族と同じく、ラミア族も魔素を身体強化に使える。蛇の下半身はほぼ筋肉だし、魔素による補正も加わるのだ。湿地では素早く移動でき、泳ぐのも得意。なかなかな性能を持っていると思う。

そして極めつけは毒。なんとラミア族は、体内で毒を生成できる。蛇と同じだ。血液を凝固させる毒であるため、嚙まれるとかなり危険となる。

この世界、血清や解毒薬の類はほとんど存在せず、気休め程度に消毒作用のある葉っぱを揉んで患部に塗ったり、飲み込んだりする程度である。そのレベルの処置で、血液を凝固させる毒をどうにかできるとは思えない。嚙まれないことが第一だ。

「上位種族にはあまり毒が効かないんだっけか」

上位種族くらいになると、毒すら受け付けないらしい。体内で異物を感じると無効化するか、排出するのだ。それを聞いたとき、「なんてチートな！」と思った。なんでもありだよな、上位種族。羨ましいぜ、まったく。

「……さて、ここだったな」

洞窟の入口についた。彼らが小魔王メルヴィスの支配を受け入れないのは、理由があるはずだ。それは聞いていない。聞いたところで何ができるわけでもないし。そういうわけで現在、ラミア族は敵とは言わないまでも、不干渉の関係を保っている。ただ、いつ気が変わって俺を襲ってくるか分からない。気を引きしめていこう。

ゆっくりと洞窟内を進むと、柵がこしらえてあった。前はなかったので、最近設置したのだろう。

「なにかトラブルでもあったかな？」

ここに来る前に、下流のオーガ族の村に寄ったが、ラミア族は姿を見せていないらしい。慎重に暮らしているのだろう。その話を聞いて、ホッとした。

「この柵……破壊するのもまずいよな」

不意の接触で互いに不幸な結果にならないよう、柵はラミア族が設置したものかもしれない。柵は洞窟の壁に埋め込むように、丸太と板が交互に縛り付けてある。考えあぐねた末、板をいくつか外し、隙間から中に入ることにした。

しばらく歩くと水音が聞こえてきた。ラミア族がいる証拠だ。

「俺はオーガ族のゴーランだ。話があって来た」

足を止めてそう怒鳴ると、洞窟の奥で俺の声が反射して戻ってきた。激しい水音がいくつか聞こえたあとは、シーンと静まり返ってしまった。

「ふむ……行ってみるか」

しばらく待ってから奥に進むと、一体のラミア族が水辺で待っていた。他の姿はない。おそらく水中に隠れているのだろう。この警戒心の高さは、前と同じだ。

「久しぶりだな。ダルミア」

そこにいたのは、前回俺と話をしたラミア族のダルミアだった。以前と同じ、上半身にはピッタリと密着した水着のようなものを身につけていた。調べたところ、あれは水草を編んだもののようだ。昆布に近いものだと俺は推測している。それを編み込んで着ていると、水中でも動きが阻害されないらしい。

「ダルミアは変わりないか？　それと、他の種族を襲ったり、誰かに襲われたことは？」

「ない」

「そうか、それはよかった。今日は話があって来たんだ。聞いてくれ」

「分かった」

ダルミアの瞳孔がキュッと絞られた。これは俺を注視しているのだけど、間近で瞳を見るとかなり怖い。

「俺はしばらく村を離れることになった」

戦争に行くと話せればいいのだが、小魔王メルヴィスの支配を受けていないラミア族にはやはり、その話は聞かせられない。

「どのくらい？」

「ちょっと分からない。長ければ、一年ということもある」

魔界は長寿な種族がいるせいか、時の感じ方がみんなバラバラだ。他の種族と話していて、「この前、隣村と争って」なんて聞いたから、そんなことあったっけと思ったら、数百年前の出来事だったなんて話もある。俺にとって一年は長いが、ラミア族はどうだろうか。

「一年は長いな」

やはり、そう思うのか。俺とあまり感覚が違わなくてよかった。

「この辺の村はすべて、別の者に任せることになる。ここの事はきちんと話しておくから、安心してくれ」

ただし、俺とは連絡がとれなくなる。その部分だけは理解してもらいたい。俺はそう告げた。それと、俺がいなくなっている間に周辺の種族と争いを起こしてほしくない。

「分かった」

返事は素直だ。本当に分かっているのか不安になるが、前もダルミアと話したときは同じだった。口数が少ないのは、水中での生活が長いからかもしれない。

「困ったことがあったら、村にいるコボルド族を頼ってくれ。話を通しておく」

「分かった」

「…………」

大丈夫だよな。本当に。ラミア族がなぜここに来ているのだろう。安住の地を求めてのことだと思う。もとの住処《すみか》を捨てたのか、追い出されたのか、逃げざるを得なかったのか。他種族に追われている可能性はどのくらいあるだろうか。

隠れ住んでいる感じから、なんとなくその辺の理由には触れてほしくないのだろうと思って、そのままにしてある。いつか教えてくれるのだろうか。

本当は強引に支配を受け入れさせるか、国から追い出すくらいしてもいいのだが、どうしてもそういう気持ちになれない。

「俺からの話は以上だ」

これで次に会うのはいつになるだろうか。俺が不在の間、大丈夫だろうか。

そんなことを思っていると、ダルミアが音を立てずに近寄って、俺の匂いを嗅ぎ始めた。

「お、おい……ダルミア。何を？」

「赤いネズミの臭いがする」

「赤いネズミ……？」

何のことか分からない。いや、ちょっとだけ思い当たったことがあった。ここへ来る前、川下《かわしも》にあるオーガ族の村に立ち寄った。そのとき、ちょっとした歓待を受けたが、たまに視界を何かが横切った。聞いたら、最近ネズミが増えていると話してくれた。それが赤かったかどうかは聞いていないが。

「赤いネズミの臭い……する」

「ここへ来る前の村でネズミが増えた話を聞いたぞ。おおかたそこで臭いが移ったのだろう。気になるか？」

「赤いネズミ、疫病《えきびょう》を運ぶ」

「疫病を？」

ダルミアはゆっくりと頷いた。

「赤いネズミの死骸、糞《ふん》は疫病の塊。触った者が疫病を運ぶ」

「もう少し詳しく教えてくれ！」

ダルミアたちがかつて暮らしていた場所は、清浄かつ神秘的な場所だったらしい。川と湖、少し行けば綺麗な滝がある、とても美しい場所だったとか。

「ある日、仲間が一人、死んだ」

「疫病でか？」

肌は荒れ、黒いシミができ、身体の中が焼けるように痛いと言って死んでいったらしい。何があったのか、そのラミア族が死ぬまでの間に、原因を探すべく、本人にいろいろ聞いた。そこで得た唯一の手がかりが、「赤いネズミを食べた。マズくて、とても食べられるものではなかった」という証言だった。

誰も赤いネズミに心当たりはなかった。仲間を弔ってしばらくたったとき、他にも同じ症状が出た。死んだ者に近しい者がかかった。これはうつる病だ。そう思って、彼らを隔離した。

水棲の種族は付近にいなかったため、罹患《りかん》した者を別の水流に移した。残った者たちには、赤いネズミが出ても決して近寄らない、食べないと、徹底させたらしい。

「それ以降、病を発症する者は出なかった」

何人かが、死んだ赤いネズミを解剖したという。案の定、内臓は腐っており、ネズミが病原を運んできたことが分かった。つまりダルミアの言う疫病は、ネズミを媒介とした伝染病だ。

「よく調べたな」

俺ならば、近寄りたくもない。

「種族が生き残るため、必要だった」

ラミア族はネズミを食べることもある。解剖せざるを得なかったのだろう。調べた結果、赤いネズミは病原菌を運ぶ前は普通のネズミと同じらしい。ネズミが疫病に罹患すると全身の毛が抜け、肌が真っ赤に腫れ上がる。

「赤い肌は爛《ただ》れている証拠。食べてもマズいのは道理」

「そ、そうか」

そこまで分かるのにかなりの時間がかかったらしい。最初の罹患者が出たとき、やってきた行商に症状を説明し、合う薬はないか頼んだという。

そして日が流れる。ラミア族が原因を特定するまで、ただの一度も他の行商がやってこないことに、ラミア族は不審に思わなかったようだ。原因が特定でき、ホッとしたのも束の間。

「近くの町が大変なことになっていた」

ラミア族が原因を究明している頃、近くの町では、同じ症状を発症して死んでいく者が相次いでいたという。町と交流がないラミア族は、もちろんそのことを知らない。そして間の悪いことに、最初にラミア族が罹患した話は、行商が知っている。

「ラミア族が病を持ってきたと噂されたわけか」

「そう。水源近くに住んでいたし」

ラミア族が住んでいた場所は、町の水源地のすぐ近く。最初にラミア族が罹患して、その後、町の者たちが相次いで罹患した。そこまでは事実だが、別段、ラミア族が町の住人に何かしたわけではない。だが、何百、何千と死者が出たことで、住民たちは冷静さを失っていた。結果、住処を追われることになったらしい。

その頃にはもう、町全体が疫病にかかったと近隣の町に噂が広がっていて、その町の住民は出入り不可能。隔離されたわけだ。結果、住民の多くが命を落としたらしい。

それでも生き延びる者はいる。その者たちから、ラミア族犯人説が広がる。

ラミア族はやむにやまれず、国を捨てて逃げたのだという。

「……なるほど。だけど、臭いというのは？」

「見た目が普通でも、疫病にかかっているかもしれない。だから、臭いで覚えた」

赤いネズミになるのは末期症状。それ以前でも罹患している可能性がある。

かといって、すべてのネズミを避けて生きるわけにはいかない。ゆえに病にかかったネズミの臭いを覚えたのだという。

「いい判断だと思う……だがそうすると、村にいたネズミは疫病を……？」

ダルミアは頷いた。つまり村にいたネズミは疫病を持っている？　マジか、どうすればいい？　いや決まっている。駆除しなきゃだ。捕まえて……いや、捕まえたら手から病原菌がうつる。罠《わな》で捕獲して、集めて焼くか。もしかしたら、村にもう保菌者がいるかもしれない。

「いまの話、とても助かった。俺はすぐ、村に戻る」

こうしてはいられない。俺は村に向かって駆けだした。村まで一直線だ。途中、道のない林や、ぬかるんだ草原を抜けた。息が切れたが、手遅れになるよりはいい。

「ゴーラン部隊長、どしたっすか？」

村に着いた途端、村の若者、ジェイコブがビックリした顔を向けてきた。ジェイコブは俺より二つ、三つ上だ。彼はさきの戦いに参加しているため、いまだ俺のことを部隊長と呼んでいる。

「元部隊長な。それより、人を集めてくれ」

「えっと、すぐっすか？」

「そうだ！　駆け足！」

「うっす!!　……おめぇらぁ、あつまれ～！　ゴーラン部隊長がぁ、呼んでるぞぉ～！」

ジェイコブが大声を出して村中を駆け回っている。その間に息を整えて、赤いネズミの対策を考える。

「……全部説明しても無理だろうな」

オーガ族に疫病の話をしても、どこまで理解してくれるか。それにラミア族が町の住人に追われた理由とも関わっている。話を詰め込むと、前の話がすぽーんと抜けるのがオーガ族だ。ここはシンプルにいこう。

なぜか知らないが、俺が命令すると、みな忠実に実行してくれる。村のあちこちから、先を争って駆け足でやってきた。若干、顔に恐怖が張り付いているが、きっと途中で怖いものでも見たのだろう。

「これで全員か？」

「そうっす！　村にいるのは全部っす！」

ジェイコブが代表して答えた。村を任せていたのは別のオーガ族だが、この際どうでもいい。よし、さっき考えた通り、ここはシンプルにいこう。

「お前ら、よぉく聞けぇぇえ！」

一喝するだけで、ビシィっと全員が直立不動になる。

俺はたっぷりと間をとってから話し始めた。

「お前たちに聞きたいことがある。ただし、聞かれたときだけ発言しろ。分かったな！」

「…………」

「返事は？」

「「「ハイィッ！」」」

「……よろしい。では、最初の質問だ。最近ネズミを見かけた者は手を挙げろ」

全体の七割くらいがおずおずと手を挙げた。多いな。普段暮らしていて、あまりネズミを目にすることはない。この村も同じはずだ。

「その中で赤いネズミを見た者は手をそのまま。見たことがない者は手を下ろせ」

するとほとんどが手を下ろした。残ったのは三人。いずれも女だ。

「では一番左のお前。名前は？」

「ダニエです」

「ようし、ダニエ。大事な事だからゆっくりと思い出して答えるんだ。赤いネズミはいつ、どこで見た？」

「えっと……お、一昨日見ました。家の天井にいました」

オーガ族の家は土台を石で造り、他は木と漆喰《しっくい》を使うことが多い。天井の梁《はり》の上でも走っていたのだろう。

「次はお前だ」

「わ、わたしはゴエといいます。昨日、庭の草むらから飛び出してきて、身体が赤かったからトカゲかと思って近づいたら、ネズミだったんで、ちょうどそのとき何も持っていなかったから……」

「余計なことはいい」

「は、はいいいっ！」

「最後はお前」

「ミラダスです。今日……というか、さっき見ました。場所は村のはずれで、死んでいました」

「死んでいた？　ミラダスと言ったな。お前はそれを触ったのか？」

「い、いえ。触っていません。死んだネズミなんか触りません！」

「よろしい。では全員手を下ろせ」

俺のただならぬ雰囲気に、みな俺に視線を合わさないように俯いている。

「赤いネズミは、悪い病をまき散らす悪いネズミだ。……だが、他のネズミもまた、悪い病を持っているかもしれない」

「…………」

俺は全員を見回した。ちゃんと聞いているのか？　大丈夫だよな。

「いいか、よく聞けよ。いまから村にいるネズミをすべて捕まえる。やり方は教える。ただし、これだけは守れ。ネズミは決して触るな。ネズミの糞も同じだ。絶対に触ってはならない。もし触った場合は、よく手を洗え」

手洗いでなんとかなるか分からないが、やらないよりかはマシだ。

「それと、お前とお前！　名前は？」

身体の大きいのを二人、指名した。

「グエンです」

「ビリーです」

「よし、グエンとビリー。お前たちは村の外れに穴を掘れ。大きな穴だ。死んだネズミをそこに入れる」

「うっす」

「了解っす」

「残りは罠の作り方を教える。こっちに来い」

俺の知っているネズミ捕りの罠が魔界でも役に立つか分からないが、馬鹿正直にネズミを追いかけ回すより、いいだろう。

やり方は簡単だ。地面に穴を掘って木桶《きおけ》を埋める。中に水を半分ほど入れて、その隣に竹で鹿威《ししおど》しのようなものを設置する。ネズミが竹の中をくぐると、反対側が水を張った桶に向かって回転する感じだ。

もうひとつは、やはり水を張った木桶を置いて、その上にネズミ返しのついた棒を上から垂らす。両方の罠にネズミの好きそうなものを置いておけば完成だ。餌は、蒸し芋でいいだろう。

「作り方を覚えたな。これらを村のあちこちに作れ。死んだネズミは決して触らず、桶の中身ごと穴に捨てるようにしろ」

桶の数に限りがあるだろうが、俺ができるのはこのくらいだ。穴を掘っているグエンとビリーのところへ行く。すでに腰の高さまで掘り終えていた。

「ようし、穴はこれくらいでいい。村人がネズミを持ってきたら、この穴に入れてやれ。決して触るんじゃないぞ」

「うっす！」

「りょーかいっす！」

これで大丈夫だろう。

「おっと、こうしてはいられないな」

他にもまだ回るところがある。数日後また来ると言い残して、俺は街道をひた走った。目的の村まで歩けば二日。それを少しでも縮めたかった。本当はもっと村に残って、ネズミ退治を手伝いたかった。だが、出発の期日が迫っている。

赤いネズミが出たのは不幸だったが、ラミア族から情報がもたらされたのは僥倖《ぎょうこう》だった。以前、流行病《はやりやまい》で壊滅した村や町の話を聞いたことがあった。どこか遠い国の話と思っていたが、普通にどこの村でも起こりえるのだ。気づかなかったら、大変なことになるところだった。

「走れば今夜中に目的の村へ着けるな」

疫病の場合、いくら身体が頑強でも意味はない。俺は焦る心のまま歩《ほ》を早め、夜半近くになって、ようやく目的の村にたどり着いた。疲労が溜まっているのが、自分でも分かる。用事を済ませたらまた大急ぎで村まで戻るつもりだ。

「日の出まで時間があるな。少し身体を休めるか」

大木の根元で俺は寝っ転がった。睡魔はすぐにやってきた。

「……ん？」

身体を揺すられて目を覚ました。俺を覗き込んでいるのは、背の低いオーガ族――この村の子供だろう。まだ朝の早い時間帯だ。農作業の手伝いか、山に入って採取か狩りをしにきたのだろう。ちょうどよかった。

「俺はゴーランだ。この村にいるグーデンに会いたい」

俺が名乗ると、子供はピョーンと飛び上がり、慌てて駆けだした。そんなに慌てなくてもと思ったら、もう見えなくなった。

俺はゆっくりと立ち上がって、伸びをした。身体は至って健康、疲れも残っていない。人間だったら、こんな木の根元で寝たら節々が痛くてたまらなかっただろう。やはりオーガ族の肉体は頑強でいい。

「さて、いくかね」

俺は村の中央に向かって歩き出した。向こうから子供に連れられたグーデンがやってきた。

「がっはっはっ……久しぶりだな」

前回会ってからまだ一年未満だったが、少し老けたか。以前のグーデンはもっとこう、覇気があった気がする。

「今日は話があってきた」

「そうか。どんな話でも聞くぞ。何しろ、旅から帰ってから、ヒマでしょうがないのだ」

「旅から戻ってきたのならちょうどよかった。俺はもうすぐ部隊を率いて、この国を出る」

「戦争か？」

「似たようなものだ。戦いに行くことは変わりない。ただ、長い期間、国を離れることになる」

「ふむ」

めずらしくグーデンが悩む素振りをする。

「俺がいなくなったあと、オーガ族の村を任せたい。以前からやっていたから、できるだろう？」

グーデンは五十年以上、ネヒョル元軍団長の下で部隊長をしていた。生まれて十七年しか経っていない俺とはキャリアが違う。

「ふむ……たしかにできるが、おれももう歳だ。おぬしに負けてから、とんとやる気が起きなくてのう」

グーデンはオーガ族の突然変異種。両親は普通のオーガ族で、もうこの世にはいない。ハイオーガ族はオーガ族の三倍近く生きるため、若い頃の知り合いは、ほとんど鬼籍に入っているはずだ。

オーガ族だからもとから鬼籍か？　いや、それはいい。長年部隊長をしてきたグーデンでも隠居を考える歳になったようだ。

「ならばこれが最後の仕事と思ってくれ。俺が無事戻ってくればよし。俺の訃報が届いたら、お前が新しいリーダーを決めてくれ。自分でなってもいいし、誰かを指名してもいい。お前の言葉ならば、誰もが従う」

「おれの最後の仕事か。そうだな。良いかもしれん」

乗り気になってくれたようだ。だが、以前と違って、いまオーガ族はいろいろ難しい問題を抱えている。そこを理解してもらわねばならない。

「時間が少ない。俺はすぐに村を出なければならないし、村を出たらもう会えないだろう。いまから大事なことを伝えておく」

すべて話しても、グーデンに理解できるとは思えない。俺が知っている部隊長だった頃のグーデンは、面倒事をすべて副官のリグに任せていた。そのため、今回も同じような感じになると予想できる。詳細は俺がコボルド族に教えればいいので、火急のものだけグーデンに伝えることにした。

「おれはひとつ、ふたつくらいしか覚えておけんぞ、がっはっは」

言う前に先を越された。

「……分かった。ならば重要なものだけ話そう」

赤いネズミが出た村の話をした。グーデンは病をまき散らすネズミについては知らなかったようだが、その危険性はしっかりと認識してくれた。

「三十年くらい前だな。井戸の水が悪くなって、バタバタと仲間が倒れたときがある。あれと似た感じか？」

「そのときは井戸を使わなければ、被害が広がらなかったのではないか？　今回も同じように、ネズミとその糞にさえ触らなければ、大丈夫だ。もし患者が出たら他と離して様子を見るんだ」

他にもネズミを捕まえる罠の話や、他の村に赤いネズミのことを周知させるよう伝えた。原因が分かっているのだ。予防ができれば、被害は防げるだろう。

「もう頭がいっぱいだぞ」

「……マジか」

他にも俺が兵を率いたあと、村に残った者たちで軍を編成しなければならず、その辺のことを伝えたかった。新たに仲間になった死神族のこともある。さらには、小魔王メルヴィスの支配を受けていないラミア族の扱いなど、いろいろと伝えたいことがあった。

一度に言うと、前の話を忘れてしまうので、泣く泣く諦めることにした。

「だったら、もうひとつだけ覚えておいてくれ。他の話はコボルド族にすべて伝えるので、その者の言うことをよく聞くんだ」

「なるほど。それは得意だ。がっはっは……」

得意らしい。うん、頭が痛くなってきた。それでも、理解しないまま動かれるよりマシだ。少なくとも、魔法が飛び交う戦場のただ中に隊列を組んで突進するような命令はもう……出さないよな？　頼むぞ。

グーデンに言いたいことはまだまだあったが、時間も限られている。なにより本人が覚えられないと言っている。中途半端な話をするくらいならば、あとでコボルド族からフォローさせた方がいい。実際、グーデンはこれまでも部隊長を務めてきたのだ。戦術以外は信用して大丈夫だろう。そう、戦術以外は。

「じゃあ、俺は戻るが、もしネズミが増えたと感じたら、触らずに駆除してくれよ」

「がっはっは、分かった。任せろ」

これで必要最低限、回るべきところは終えたと思う。本当は、見晴らしの丘にも行きたかったが、ここから少し遠い。歩くと数日かかる。町は復興して、樹妖精種も戻ってきているはず。チェリーエント族のじいさんのことを聞きたかったが、今回は俺の個人的な動機で寄り道するわけにはいかない。

「国を離れるのがもっと早く分かっていたら、先に寄ったのだがな……」

じいさんたちは年が明けないと目覚めない。その頃になったら訪れようと思っていたが、どうやらそれは叶いそうもない。

グーデンと別れて、俺は大急ぎで赤いネズミが出た村へ急いだ。村までの道中、なぜ病原菌を持ったネズミが出たのか考えてみた。ラミア族が持ってきたか、連れてきたのかと最初は考えたが、彼らが生きたままの病原菌を持ったネズミを持ってくるはずがない。罹患したら、自分たちだって危ないのだ。しかも、赤いネズミが発生したのはラミア族がやってきてからかなり日数が経ってからだった。

「そもそも自分たちが暮らしている近くで、そんなことをする理由はないしな」

原因がラミア族であるならば、俺に赤いネズミの存在を教えるはずもない。となると、偶然ラミア族がいた場所からやってきたのか、最初からこの付近にいたのか。

「以前といまで違うことといったら……」

この国は、長い間戦争を経験してこなかった。つい最近、他国から攻め込まれた。ここから歩いて数日の距離にある見晴らしの丘で、二度の攻防戦が行われた。この辺の村からも多数のオーガ族が参加した。

「戦争が原因かもしれないいな」

たとえば、もともと病原菌を持っていたネズミが山にいた。だがそれは山の奥深くにいて、村には出てくることがなかった。人知れず発症し、死んでいく赤いネズミの存在は、知られることはなかった。だが、戦争によってネズミを取り巻く環境に変化が訪れた。

たとえば、ネズミが棲息している山に戦争を避けて逃げてきた獣が多数やってきたとか。自分たちより凶暴で身体の大きな敵が山にきた。ネズミたちは山を下りるしかない。そうして村にネズミが増えたが、その中に病原菌を持ったものもいた。理由としてはそんな感じではないだろうか。

「いま、魔界中で戦争しているよな」

他でも生態系の変化が起きて、未知の疫病が蔓延《まんえん》している可能性もある。これもまた、戦争の犠牲のひとつなのかもしれない。

「いま戻った。ネズミはどうなった？」

赤いネズミが出た村に着いたので、その辺の若者に聞いた。

「ネズミはたくさん捕まったっす」

「そうか、どのくらい駆除できた？」

「数えてないっすが、かなり数が多いっす」

村中に罠を設置したため、結構な数が捕まったという。思ったよりも多いので、村内にまだいるだろうとのこと。

「そうか……他にいい罠はあったかな」

ちなみに、水を入れる桶をすべて使って、罠だけで六十以上設置したという。そして言いつけ通り、決してネズミには触らず、そのまま穴に桶の水ごと入れているらしい。罠を増やしたいが、桶の数が足らない。

「水が漏れるような古い桶は使えないしな」

落ちた先でネズミが死んでくれないと、脱出されてしまう。そうするとネズミが学習してしまって、次は引っかかってくれない。

ふとみると、罠に使おうと思って集めたが、使えなかった籠《かご》が置いてあった。籠は編み目になっているが、ネズミが逃げる隙間はない。

「これをうまく使えないだろうか」

水は張れない。空の籠だと、足をかけてネズミに逃げられてしまう。いっそ籠に蓋でもしようかと考えていたら、ひとつ思いついた。

「古典的だが、これがイケるかも」

籠をひっくり返して、つっかえ棒をする。棒には細い紐を結わえてその先を手で持つ。

「籠の中に餌を入れて、ネズミが食べに来るのを隠れて待っていれば……」

ネズミが中に入れば、紐を引くだけだ。試しに引いてみたら、すっと籠が落ちた。

「よし、このやり方をやってみよう」

昼間はどこかに隠れているネズミも、夜は餌を探して出てくるはず。

オーガ族は少しくらい寝なくても大丈夫だ。交代で、隠れて紐を引く役をやらせよう。急遽《きゅうきょ》、籠の罠を設置することに決めた。

村中から集めた籠は、大小あわせて五十。それをネズミが出そうな場所に設置して、紐を引く連中には隠れてもらう。これを一晩やってみた結果、七匹のネズミがかかり、効果があることが分かった。

「これも続けていこう」

そう思った矢先、体調の悪い者が出たと知らせが入った。体調不良を訴えている者は二名。同じ家に住む姉妹だそうだ。オーガ族は頭はアレだが、身体だけは頑強だ。多少のバイ菌なら、向こうが逃げ出す。怪我《けが》だって、舐めていれば治る。

「容態はどんな感じだ？」

知らせを持ってきたのは、中年の女性オーガ族。母親らしい。

「昨晩から調子が悪いって。朝から身体がダルいから起きるのがツラいと言っているんです」

一晩寝ても治らないのか。嫌な感じだ。普通なら「風邪だろ」で済んでしまう話だが、オーガ族は違う。体調を崩したのならば、本当に何か原因がある。

「すぐに隔離を。もし吐いたものがあったら触るな、触らせるな！」

「はいっ！」

俺の剣幕に驚いたのか、母親は飛び上がって駆けだした。俺もあとで様子を見ることにしよう。だが、もし疫病なら、俺は治療法なんて分からないし、対症療法の知識もない。

「日本じゃ全部医者任せで、そんなこと考えたこともなかったからな」

悩みつつ、俺はもう一度、村人を集めさせた。困ったことに自信がない。それでも俺はこの村を守る義務がある。集まった村人を前に、俺は覚悟を決めた。

「悪い病気が出たかもしれない」

そこで村人を見回すと、誰一人声を出す者はいなかった。大丈夫だ。みんな聞いてくれている。

「この中でいま、少しでも調子の悪い者はいるか？」

誰も手を挙げない。自覚がないこともあるが、全員大丈夫だと仮定して、話を進めよう。

「悪い病は他の者にうつることがある。病にかかった者にはなるべく近づかないように。それと体調が悪くなったら、すぐに身体を休めるんだ。たくさん食べて飲んで、横になれ。あと、水はたくさん飲むように」

正直それで良くなるかは分からない。どんな病気か分からないので、気休めかもしれないが、やらないよりはマシだ。

「それとネズミの捕獲は続ける。新しい罠もだ。この村からネズミを一掃させるぞ、いいか」

「「「オオッ――！」」」

ネズミを放置したままでは、患者が増えることもある。いや、そもそもネズミをすべて駆除できるのだろうか。俺は率先して罠の設置と、患者の看病をかってでた。衛生観念のないオーガ族だ。やりながら教えていこう。

まず、罹患した者の身体を拭いた布は煮沸《しゃふつ》するよう指示を出した。それと排便が手や衣服に付いた場合も、熱湯で洗うよう指示した。熱湯で手を洗うなど、人間ならば大やけどするが、オーガ族の厚い皮膚だと短時間だったら問題ない。こうして、なるべく衛生的な生活ができる環境に患者をおいた。体力があるのだから、病原菌に打ち勝ってほしい。祈る気持ちだ。

「ゴーラン様は、用事があると聞いています。このまま村にいて、よろしいのでしょうか」

グイニダにそんなことを言われた。たしかに用事はある。部隊を編成して魔王トラルザードの国へ行かなければならない。だがこの村は、俺がいなくなって大丈夫か？　罹患者が増えるかもしれないし、ネズミの駆除に失敗するかもしれない。

「いま俺は、この村を離れるわけにはいかない」

「大事な用事なのではないですか？」

グイニダは短命なオーガ族の中では、かなり長く生きている。七十歳近いと聞いている。年の功か、他のオーガ族よりも思慮深い。たしかに国のため、俺が約束を破るのはまずい。だが、俺は仲間を……この村を見捨てることはできない。

「ネズミと患者。安全が確認されるまで、俺は村を離れることはできない」

俺はうぬぼれるつもりはないが、俺しか知らないこともある。いまオーガ族を見捨てたら、俺は後悔する。

「そうですか。そういうことでしたら、何も言うことはございません。この村をお救いください」

「もとよりそのつもりだ。……そうだ、グイニダはこの病について知っていることはあるか？」

「さて……私もゆっくりと物事を考えられるようになりましたのも、ここ二十年といったところです。それ以前は、深く考えることすらせず生きておりました」

「そうか」

村の長老格の者ですら知らないのならば、もうどうしようもない。

「ただ長く生きていると他の村や町、他の国の話も耳に入ります。私が知っている限りでも、数多くの村がこのような流行病で全滅ないし半減し、棄民となったと聞いております。病はまさに突然やってくる猛威。天災のようなものだと考えております」

天災――台風や地震と同じか。

「そうかもしれないな。……だが、手を尽くすことで、消えるはずの村が残ったり、失われるはずの命が永らえたりすることもある。俺はそう考える」

「そうなればいいですな」

「ああ……」

中途半端な知識しか持っていない俺では、力不足ではなかろうか。そんなことを思っていると、山から藪《やぶ》をかき分ける音が聞こえてきた。かなり大きなものがやってくる音だ。猪かと思っていると、洞窟にいたはずのラミア族だった。

村に現れたラミア族は三体。男が一体に女が二体だ。ラミア族は大きい分、威圧感がある。いまの状態ですら、背の高さが俺と変わらない。下半身が蛇で、尻尾の先は草むらの中だというのにだ。そして近づくまで気づけなかったほどの隠密性は脅威だ。武器を携えて後ろから襲ってきたら、簡単に倒されてしまうのではなかろうか。

俺は危険を感じ、とっさに身構えたが、すぐに思い直した。ラミア族はオーガ族に敵対する理由がない。しかも相手はたった三体。そもそも、敵意は感じられない。では、何をしに来たのか。周囲のオーガ族も事態を把握したのか、固唾《かたず》を呑《の》んで成り行きを見守っている。

「ダルミアか」

中央にいる女のラミア族がゆっくりと頷く。俺の窓口をしてくれているラミア族のダルミア。言葉は少ないが、俺の質問に、いつもしっかり答えてくれる。

「ダルミア、オーガ族の村には近づかない約束のはずだが」

「赤いネズミの臭い、したから」

「…………」

ダルミアが言うには、俺が洞窟を飛び出したあと、俺との話をラミア族の間で共有したらしい。以前、互いの棲《す》み分《わ》けをしようと提案したときもそうだが、ラミア族は全体主義的なところがあり、一度決めたらそれをよく守ってくれる。

今回、俺がすごい勢いで飛び出したことで、水中から見ていたラミア族が不安を抱いたらしい。ダルミアが仲間に語ったのは、俺に赤いネズミの臭いがついていたことと、疫病で自分たちが住処を追われたことを話したと言った。

俺がどこでその臭いをつけたのか話し合って、ラミア族の代表が洞窟を出て村に行くことにした。もちろんそれは協定違反。だけどもし、赤いネズミが発生していたら？　それが自分たちのすぐ近くだったら？　その場合、またラミア族は生き残った住民に追われるかもしれない。

協定違反は分かっていたが、あえて動くことにしたのだという。ダルミアを代表に、赤いネズミに詳しい男と女が一人ずつ村に向かうことになった。

「それで来たわけか。想像通り、この村に赤いネズミが出た。なんとかできるか？」

ダルミアはコクリと頷いた。

「赤いネズミ、退治する」

ラミア族は水辺の小動物を捕って暮らしている。狩りの名手らしいが、本気を出すと周辺の小動物を狩り尽くしてしまうので、そんなことはしない。水を飲みに来た動物を襲って絞め殺すこともあるし、水草を食べることもある。俺たちが手に負えない、つまり直接捕まえるにはすばしっこすぎるネズミは、簡単に捕獲できるという。

「だけど、感染したネズミを捕まえた場合、病原菌がうつるかもしれないぞ」

「分かっていれば、大丈夫」

噛まれないよう厚い手袋をするし、無闇に口に入れたりしない。対策を採れば問題ないらしい。

そもそもラミア族が追い出されたのは、多くの人が発症して、それが落ちつき、原因を探ろうとなったからだった。つまり、ラミア族はその間に原因を特定し、住処周辺のネズミをすべて駆逐し終えていた。

「頼めるか？」

「仲間とやれば、可能」

「……そうか」

ネズミを駆除するためには、村に多くのラミア族を入れなければならない。

俺は振り向いて尋ねた。

「この村にはまだ悪いネズミがいる。ラミア族はそれを捕まえてくれるという。彼らを村に入れていいか？」

しばらくして、一人、また一人と頷いた。ネズミを退治してくれ――ここに集まった多くの者が同じ思いのようだ。

「お願いしますぞ」

グイニダが村を代表して、そう言った。

「ダルミア、頼む。みんなを連れてきて、この村を……救ってくれ」

「分かった。この二人、病に効く水草、持ってきた」

当時も、原因を探ると同時に、薬草の中で効果があるものを探していたという。ちょうど湿地帯にも生えていたので、念のため持ってきたらしい。

「助かる。罹患したのは二人。姉妹だ。こっちに来てくれ」

そこからは早かった。ダルミアは「仲間、連れてくる」と言って、洞窟へ戻った。村に残った二体のラミア族は、水草を煮出し始めた。薬を作るようだ。しばらくしてやってきたラミア族は百体以上。水草を編み込んだマスクをして、動物の革の手袋をしている。ネズミに触りそうな部分をすべて隠した完全武装だ。

「そういえば、どうやって狩るんだ？」

俺が不思議に思っていると、スルスルと音もなく移動し、隠れているネズミに近づいた。ネズミがダッと逃げるが、すぐに捕まえる。蛇とネズミでは、ネズミに勝ち目がないらしい。臭いと熱で判断しているという。しかも隠密活動は堂に入っていた。知らずに後ろに立たれても分からないくらい気配がない。

「これなら駆除できるな」

一時はどうなることかと思ったが、ダルミアたちラミア族は、想像以上のスピードでネズミを探し出して捕まえていた。

「ゴーラン様、この村はもう大丈夫でございます。どうか、ご自身を優先してくださいませ」

村を任せていたグイニダだ。

「だが結果を見届けないと……」

「問題ありません。ここまでやっていただければ、あとは私どもがやります。なにより、あのラミア族を見てください。赤いネズミは遠からず全滅するでしょう」

「ラミア族は優秀なハンターだったんだな。知らなかった」

「私もです。ゴーラン様は、村を出てゴーラン様しかできないことを成し遂げてください」

「……ここは大丈夫か？」

「問題ありません」

ラミア族は村内だけでなく、周辺にも捜索範囲を広げたらしく、かなり遠くまで行っている。たしかにネズミを捕まえるのは彼らに任せるのが最善で、俺の出番はない。患者もいま薬を作ってもらっている最中で、それを服用しても効果がすぐに出るわけじゃない。経過観察には何日もかかる。その間、俺の出番はない。

「分かった。グイニダよ」

「はい」

「この村を任せてよいか？」

「問題ありません。ゴーラン様が戻られるまで、しっかりと守っておきます」

「分かった。俺は……村を出る」

「はい。ご随意に」

グイニダが村を守り、ダルミアたちラミア族はネズミを狩る。俺は部隊を引き連れて、魔王トラルザードの国へ向かうのだ。

俺は後ろ髪を引かれる思いを振り切り、村をあとにした。

第五章　混迷する各国

「おう、戻ったぞ」

「おかえりなさいませ、ゴーラン様。なにやらお疲れのようですね」

副官のリグが出迎えてくれた。ずっと走ってきたので息が切れている。リグは、相変わらず落ちついているな。

「一昼夜、走り通しだったんで、少し休みたい。その前に、編成だけ確認しておこう。どうなっている？」

「すでに完了しております。ファルネーゼ様より追加で指令が届きましたので、そちらも反映させております」

追加ね。面倒でなければいいが、リグが反映させたというのだから、問題なかったのだろう。

「その追加の指令とやらを教えてくれ」

「将軍から飛鷲《ひしゅう》族を編成に組み込むようにと、通達がありました」

「飛鷲族……？　なんでまた？」

「理由はありませんでした。ただ、これまで軍とは無関係な生活をしていた飛鷲族らしいです」

「ふむ……そもそも飛鷲族は、戦闘能力が乏しいだろ。まして飛鷲族の素人など、まったく使えないぞ。部隊長のビーヤンが引き連れている連中ならまだしも、将軍は何を考えているんだ？」

「ファルネーゼ将軍がメラルダ様に確認をとりましたところ、こちらから供出する部隊は、合流後、訓練が主体となるようです」

「他国の部隊を鍛えるのか？」

「実戦配備するよりマシだと判断されたのかもしれません」

「それはそうかもな……なるほど、だからこれを機に鍛えろということか。ファルネーゼ将軍は、面倒事をこっちに押しつけたな」

部隊の交換は、こちら側にメリットしかない。向こうは貴重な兵を貸し出す。それだけだと外聞が悪いので、反対に俺たちも出す。だが、向こうからやってくる戦力と違い、俺たちは総合力で大きく劣る。いなくなった部隊の代わりに、俺たちを配置するのは無謀。かといって、遊ばせるわけにもいかない。もてあまされる未来もあったが……。

「新兵と一緒に鍛え直される感じかな」

「かもしれません」

まるで戦力になりませんと言われた気分だが、実際にそうなんだろう。一万名の中から強い者を十名選ぶのと、百名の中から十名選ぶのでは、同じ強い者でも、中身が違いすぎる。屈辱的だが、ここは甘んじて受けるしかない。

「それで編成された連中は……ふむ、こんな感じか」

リグが選んだのは、オーガ族が五十名、死神族が二十名、飛鷲族が二十名、コボルド族が十名の計百名。これにファルネーゼ将軍が用意した百名を入れた、総勢二百名が俺たちの総戦力となる。

「こんなメンバーでも、運用次第で何とかなるだろう。向こうにはいい顔されないだろうがな」

向こうの認識ではオーガ族は肉の壁、飛鷲族とコボルド族は非戦闘員扱いだろう。舐めてるのか？　と難癖《なんくせ》つけられても、謝ることしかできない。謝らないけど。

「それでいつ出発できる？」

俺たちはまずメルヴィスの城へ行く。そこでファルネーゼ将軍が用意したヴァンパイア族の部隊と合流して、国境を越える。できれば移動中に、俺が訓練を施したいくらいだ。

「明日、飛鷲族の一団がやってきますので、明後日《あさって》には出発できます」

「そうか。では、出発は明後日にしよう」

あとはリグがうまいことやってくれる。

翌朝、予定より早く飛鷲族がやってきた。話では午後になるということだったが、急いだようだ。こうやって時間前行動を心がけてくれると、俺も助かる。

「……って、思っていたんだけどな」

早くやってきたのには、理由があった。

「これはよくないですね」

リグは頭を抱えている。俺もだ。

「うん？　ゴーラン、どうしたんだ？」

サイファがやってきた。相変わらずの脳天気な声に、少しだけイラつく。リグが慌てて、俺の顔を見る。

「飛鷲族が情報を持ってきた。リグ、話してやれ」

「よろしいのですか?」

「どうせすぐに知れ渡る」

「分かりました。……小魔王クルル及び小魔王ロウスの軍勢が、我が国に攻め入ってきました」

「おっ、戦争か?」

楽しそうだな、サイファ。

「そうだ、戦争だよ。南から二国が同時侵攻してきたんだ。これは受けて立たねばならんな」

小魔王レニノスを倒さんと準備を進めているところに、他の小魔王国からちょっかいをかけられた感じだ。しかも同時侵攻ときた。

「ゴーラン様、あの二国は裏で繋がっているでしょうか」

「繋がっているよ。もちろん」

そうでもなければ、同時侵攻なんてできやしない。つい最近までクルルとナクティが、そしてロウスとルバンガの国が各々手を組み、四国が入り乱れての戦争をしていた。仇敵どうしが、この国に同時侵攻してきたならば、四つの国が手を組んだことを意味する。いまこの国は小魔王レニノスと戦争中だ。これで五国同時に相手をしなければならなくなった。

「こんな大事なときに国を離れるのか、俺たちは」

トラルザードの国にいる間に、国がなくなるんじゃないか?

「非常によくない状態ですね」

「ああ、唯一の救いは、北でレニノスとファーラの軍が直接対決していることだけだな」

レニノスはいま、ファーラ軍と大激戦の最中で、南に軍を派遣する余裕がない。だがそれは、ただの気休めでしかない。地力のあるレニノスが形振《なりふ》り構わなくなったら、軍を分けてでも俺たちの国を併呑しにやってくるだろう。そうなったら勝ち目がない。

「他国の侵攻か、まいったな」

俺が思うに、いまこの国で余裕のある部隊は、ダルダロス将軍のところだけだ。

「リグ、飛鷲族からもう少し詳しい話を聞いてくれ」

「どのあたりを聞けばよろしいでしょうか？」

「敵の規模と、こちらの対応だな」

「分かりました」

その間に俺は、選別された連中を集合させた。ひと声かけると、百名がすぐに集まった。うん、なかなかいい動きをする。この百名は、部隊の規模としては少ない。

ただ、魔界では強力な奴が一人いれば、戦闘を有利に運べるので数はそれほど重視されない……けど、俺の部隊にそんな強い奴はいなかったわ、そういえば。

「ゴーラン様、詳細が分かりました」

「リグか。早かったな。で、どうだった？」

「敵の侵攻は、もう何日も前に行われたようです。状況はあまりよくありません。二国とも将軍の

「メラルダの軍が国境近くに張り付いているってのに、将軍を送り出してきたか。よく出したな」

魔王トラルザードの国と国境を接していないクルルを除いて、他の三つの国境近くに、メラルダの軍が見え隠れしているはずだ。かなりのプレッシャーを感じていると思ったのだが。

「トラルザードの国が攻めてこない確証でもあったのでしょうか。我が国は、南の小魔王国群をそれほど警戒していなかったので、侵攻に気づくのが遅れたようです」

侵攻は予想外だったのだろう。俺も予想外だった。しかも監視の目が緩んでいる場所をうまく突かれたようで、気づいたときにはかなり国内に入られていたらしい。

王城に話が行くまで時間がかかり、そこからようやく迎撃となる。北のレニノスの国ばかり気にしていたツケがまわってきた感じだ。

「それで迎撃は？」

「ダルダロス将軍が軍をふたつに分けて、迎撃に当たっています」

飛鷲族がここに話を持ってきた段階で、すでに戦闘ははじまっている。

「相手はそれぞれ将軍を派遣したんだろ？　こっちは将軍の軍をふたつに分けたのか？」

なんて無謀な。

「ファルネーゼ将軍は王城を離れられませんし、ツーラート将軍の軍は、レニノスの国付近に常駐したままですので」

「……そうだったな」

このあと、ダルダロス将軍が北征する予定だった。そのとき旧ゴロゴダーン将軍、つまりいまのツーラート将軍と交代することになる。現実的に考えれば、いま動けるのは、ダルダロス将軍しかいない。ゆえに二国を相手に戦うしかないが……。

「釈然としないな」

ファルネーゼ将軍が王城を空けて救援に行ったらどうだろうか。いや、駄目だな。

「王城が手薄だとバレた時点で、少数でやってきて、そのまま占領される」

ファルネーゼ将軍を動かすのは、ちょっと使えない手だ。

「これは国の存続の危機ですね」

「ああ……これ以上ないくらいヤバい」

打開策はあるだろうか。そもそもこの国は複数の国相手に戦って勝てるだけの戦力を有していない。魔王トラルザードと同盟を結んだとはいえ、それは互いの利益になるからこその同盟であり、いまでさえこちらの立場が弱い。これ以上の「お願い」をすれば、同盟に値しない国と思われかねない。ならば……。

「ゴーラン様、どうされました?」

「すぐに出発する」

「はい?」

「俺たちが一刻も早くトラルザードの国へ向かえば、それだけ国が助かる確率があがる」

「それはどのような理由でしょうか」

「一日でも早く、部隊を交換させるんだ」

メラルダとの約定には、交換する部隊を戦力として使っていいとある。つまり、強力な部隊がアテにできる。しかもすでに了承を得た状態で。

「物資は揃っています。武器や防具も問題ないと思います。士気は……」

オーガ族が武器を振り回している。戦いたくて仕方ないんだろう。士気が高い以前の問題だな。

とりあえず地面を何度かバウンドするくらい殴っておいた。

「よし、リグ。いまから出立するぞ。道中は駆け足だ。それで二日は早められる」

そうと決まればぐずぐずしていられない。この場で出陣式だ。

「おい、お前ら！　いまから出発するぞ！　道中は急ぐ。各自、心しておくように。いいか！」

「「「うぃーっす！」」」

「「「ハイッ!!」」」

オーガ族とそれ以外で返事が違うが、それはいつものことだ。

「よし、出陣だぁー！」

――ウォオオオオオオオ！

全員が声の限りに叫びやがった。耳が痛い。だがこれでいい。

すぐに国境を越えて、メラルダの部隊を呼び込んでやる。

俺たちは早歩きで王城を目指した。街道を移動すること二日目。昼の休憩時に、先行させていたコボルド族が慌てて戻ってきた。

「街道の前方、草原で戦闘が行われています。敵はどこの国か分かりません。味方はダルダロス将軍の部隊です」

「なんだと⁉　城まで近いぞ。もうここまで来ているのか！」

敵の侵攻が、想像以上に早い。まさか城に向かう途中で、敵と出会うとは思わなかった。正直、驚いている。

「全員待て。いま考える」

心を落ちつかせて、現状を確認する。俺たちの位置から判断すると、あそこにいるのは、小魔王ロウスの国の軍だろう。

「……なぜ、こんな辺鄙なところに？」

ここは王城に近いが、城を目指すならもっと進軍しやすい道がある。この周辺は山が多く、それを避けるようにくねった道ばかりだ。視界が悪く、道幅も狭い。軍を通すには不向きだ。

草原で戦っているのは、他に戦える場所がないからだろう。敵があえて進軍しづらい道を選んだ意味は？　この国に軍を入れるのは、初めてのはずだ。道を間違えたとか？

報告からすると、敵は軍団規模。将軍が率いるには少なすぎる。少なくともこれと同じ部隊があといくつかあるはずだ。この進軍ルートは、城までの最短距離から外れることはなはだしい。最短距離と今回のルートを比べると、直径と半円の周くらい違う。そんな遠回りをする理由はなんだろうか。たとえば迎撃する側が困惑するとか、隠れて進めば見つかりづらいとか？　予想ルートを通らなければ、こっちが構築した防御陣は無駄になるからな。

「日数がかかってもいいから、見つからなければ勝ちと考えたか……」

いや、これは軍の侵攻だ。こっちだって空を飛ぶ者がいる。索敵能力は高い。日数をかけて迂回《うかい》する意味はない。とすると、こんなところに敵が現れる理由が思いつかない。

悩む俺の姿を副官のリグが心配そうに見つめている。

「なあリグ」

「なんでしょうか」

「ここは町から遠く離れている。道だって細くて軍の移動には適していない」

「はい」

「しかもあと二つ、三つ、近くの細道にも、敵軍がいるだろうな」

「そうですね」

「どうしてこんなところにいると思う？」

俺には分からなかった。リグはどうだろうか。

「何か理由があるのではないでしょうか」

「うん……そうだよな」

それが知りたいんだが、リグでは無理か。ならば発想を変えてみよう。

いろいろ考えたが、迂回するメリットは見つからなかった。デメリットばかりだ。ではなぜそうしたのか。そうせざるを得ない理由があったのではないか？

「最短距離を進軍できない理由か。……そんなものあるかな」

あるわけがない。あるわけがないんだ。俺が住んでいる村の周辺は、道なんてまったく整備されていない。雨が降れば滑って歩けないし、小さな川は丸太一本渡してあるだけのところもある。村の住人しか通らないのだから、手間暇かける必要がないのだ。反対に町から町、町から城へ至る道は広い。荷馬車だって通行できるようになっている。軍を通すなら、そういう道を利用するのが一般的だ。……ん？　あれ？　いま、何かが俺の頭に引っかかった。この前、レニノスの軍が攻めてきたときも街道を使っていた。丘の上の町へ至る道だ。町へと通じる道は進軍のしやすさでいえば、最高だろう。街道を使わない手はない。だけど、そこが使われるとしたら？　クルルとロウスの軍が攻めてきたと聞いたとき、俺はすぐに四つの国が敵に回ったと判断した。当たり前だ。なにしろクルルはナクティと、ロウスはルバンガと同盟を結んでいる。

「――ッ!!　やられた！」

「ゴーラン様!?　どうしました？」

「進軍に適した街道――最短距離の道は別の軍が使うんだ。おそらくは……ルバンガ」

ルバンガがロウスの国を通ってここまでやってくるとしたら、数日は遅れる。ちょうど王城のあたりで合流できるくらいに日程調整しているかもしれない。南の小魔王国群が敵ならば、攻めてくるのが二国とは限らないじゃないか。

「リグ！」

「はいっ」

「ダルダロスの部隊に加勢する。戦闘の準備をさせろ」

「すでに、できています」

俺が考えている間に用意させていたらしい。自国内を通るだけだからと、重い装備はすべて荷馬車に載せていたが、みなすでに装備し終えている。

「でかした。ならば作戦を伝える」

コボルド族を除き、全員が武器を手にしている。コボルド族は荷物番だ。

あとは……飛鷲族か。経験がなかろうが、戦闘に参加させる。彼らだって魔界の住人なのだ。物心ついたときから、殺るか殺られるかは経験済み。初陣になる者もいるだろうが、ここにいる段階で覚悟はできているだろう。

「俺たちは敵の背後にまわり込んで大将を狙うぞ。先陣は俺がきる。全員俺の背に続け！」

「うっす！」

「うぇーっす」

「了解しました」

「分かりましたっ！」

それぞれの返事が返ってきた。否定の返事はない。

「時間がない。いくぞ！」

敵の大将は軍団長か部隊長。だが、レニノスの国よりはマシだろう。あれは……部隊長も軍団長も強すぎた。

俺たちは戦っている両軍のうち、敵の背後に向かってコッソリ進んだ。敵に見つからないよう進むと、敵の本陣は山を背にしているのが分かった。戦っているのは全軍ではなく、全体の三分の一程度。丸太を組んで、簡易陣を設置している。

「陣の構築が早いな。だが、数が少ない。これは敵も、部隊を分けているな」

どんな山道だろうと歩き続ければ、そこが道となる。魔界ではどこもそんな感じで、村の住民しか使わない私道がいくつもできる。それと同じで、町と町を結ぶ大きな道以外にもいま俺たちが通ってきたような細道は、いくつもある。敵はそういった細道にも兵を配置してきた。理由は、回り込まれて本隊の背後を突かれないため。もしくは回り込んで、敵の背後を突くため。道に長い列を作るより、複数の道を同時に進んだ方がいいと判断したのだろう。

「出会ったのが、敵本隊でなくてよかったな」

さすがに敵の最大戦力がいるところへは突っ込めない。いや、突っ込むかな?

俺たちは敵に見つからないよう、大きく迂回したので、山を半ば登る感じになってしまった。敵と味方が戦っている様子が下方に見える。そして山の麓に、敵の大将がいる。

「さあて、お前たち」

俺は声を落として、振り返った。付いてきたのは戦闘に参加する九十名の阿呆どもだ。

「分かっていると思うが、俺たちは城まで行かねばならない。だが、困ったことに道の先には敵軍が鎮座している。戦闘中だ」

俺が下方に目をやる。ダルダロス将軍も、軍を分けたくなかったのだろうが、こういった別ルートを放っておくと、背後から襲いかかられかねない。やむなく迎撃部隊を出したのだろう。

「繰り返すが、俺たちの目的は城へ行くことだ。だが、邪魔者がいる。お前たち、どうする？」

「蹴散らせばいい」「ぶっとばそうぜ！」「殺すしかねえ！」と、希望通りの言葉が返ってきた。

「そうだ。ぶっとばせばいいんだ。だが勘違いするなよ。俺たちはただ邪魔者を排除するだけだ。城に向かうついでにあいつらをぶっとばしてやろうぜ。策はいらねえ。遠慮するな、どこを向いても敵ばかりだ。思う存分やっちまえ！」

「うぉーっ！」

「さあ、野郎ども。突撃だぁ！」

「「「うぃーっす!!」」」

みなそれぞれの得物を掲げ、一気に山を駆け下りた。驚いたのは敵軍だろう。誰もいないと思っていた裏山から雄叫びが聞こえ、筋肉ダルマたちが武器を掲げて駆け下りてきたのだから。

「いっけぇえええええー！」

先頭はもちろん俺。これで土砂降りの雨が降っていたら、桶狭間《おけはざま》だなと思いつつ、金棒を振り下ろした。目の前に躍り出てきたのは、二足歩行で鎧を着た狐男だった。

――ガキィイイイン
俺の金棒を剣で受け止めやがった。急な斜面の勢いをかりて打ち下ろしたやつをだ。

単純な力だけならば、敵は俺をはるかにしのぐ。

「邪魔だ！」

だが、身体の勢いは止まらない。止められない。俺は奴の胸のあたりを思いっきり蹴って、押し出した。力は、質量と加速度の積。全速力を出していた俺の加速度は、えらいことになっていた。奴ははね飛ばされ、頭から地面に着地した。

――ドドドドド

その上を、俺を含めたオーガ族たちが蹂躙していく。

「てめえらぁ、食い放題だ！　味わうヒマなんかねえぞ。手当たり次第に喰い散らかせぇ！」

「うぇーっす！」

思ったが、この敵軍。想像以上に強い。戦場で戦っているのが先鋒《せんぽう》と考えたら、ここにいたのは大将を守る精鋭か。だとしたら、突撃は早計だったかもしれない。仲間はどう感じただろうか。

「ヒャッハー！」「敵はどこだぁー！」「死ね。死ななくても死ね！」と、楽しそうだ。

見たところ、本陣には獣相《じゅうそう》を持つ者が多い。とくに獅子や虎といった連中が、やたらと豪華そうな鎧を着ている。そういう種族の集まりなのだろう。俺と一緒に突撃した九十名は、好き勝手に手近な敵を喰らっていく。いまは勢いがあるからいいが敵の方が数が多いんだ。戦いが長引くとヤバい。

本陣はそれほど広く作られていない。どこかに大将がいるはず……。

「お前らぁ、もっと気合いを入れろ！」

「「うぇーっす！」」

士気が上がった。破砕音が激しくなる。強そうなのはいるが、大将っぽい者は見当たらない。

「手の空いている奴は、俺に続けぇ！」

どこにいるか分からない軍団長を探して、俺たちは本陣の奥深くへなだれ込んだ。本陣が混乱したからか、遠くでも戦闘音が激しくなってきた。味方が押し返しているといいなと思いつつ、左右に金棒を振って強者を探す。

「……あれか？」

全身を分厚い鎧で固めた大男が見えた。三国志の武将が使っていそうな、槍と大鉈《おおなた》が合体したような武器を携えている。

「あそこまで行くぞ！」

軍団長か部隊長か分からないが、ひとかどの相手であることはたしかだ。向こうも俺に気づいて、やってこようとする。

「者ども、突撃だぁあああ！」

俺は気炎を上げた。敵は黒い全身鎧に身を包んでいる。見た目は強そうだ。背は俺と同じかやや大きいくらい。横幅は俺より広い。肉厚だ。

「てめえがここのボスか！」

「…………」

敵は無言。重い足取りは、重装鎧のせいだろう。分厚いフルプレートなど、魔界でいままで見たことがなかった。だがあれは有効だ。素の力に鎧の防御力が合わされば、難攻不落の要塞のように堅牢《けんろう》となる。

「こりゃ、倒すのに難儀しそうだな」

周囲にいる敵から想像するに、敵の大将もまた獣相の種族だろう。熊か、象か……サイの可能性だってある。とにかく周囲の者たちより、一回り以上身体が大きい。

「まあ、どんな相手だろうと、やることは変わらないがな！」

俊敏に動けない相手だ。膂力で圧倒すれば勝てる。逆に、圧倒されれば負ける。単純でいい。深く考えなくていい分、いままでより楽かもしれない。

俺は金棒を振り上げて、敵に突進した。彼我の距離が縮まり、もう少しで間合いに入るとなったそのとき。横合いから飛んできた鉄の塊が、鎧《よろい》兜《かぶと》の側面にヒットした。

ゴインと鈍い音を響かせて、敵の首が傾く。見ようによっては、「？」と首を傾げたようになっている。直後、鉄の塊がもうひとつ飛んできて、敵を巻き込んで転がっていった。あの鉄の塊……見覚えがあった。しかも結構身近なところで。

「いゃぁあああほぉおおお！」

サイファが蛙《かえる》のように飛びはねながら、敵に向かっていった。間違いない。いま投げたのは、サイファ愛用の武器だ。あいつは両手にそれぞれ鈍器を持ち、戦場で縦横無尽に振り回す。その鈍器もちょっと変わった形をしていて、マラカスや「鶏のもも肉」に近い。持ち手だけは通常の太さだが、そこから急に太くなっていくのだ。しかも全部鉄でできている。金棒の数倍の重さをもつそれをサイファは片手で軽々と扱い、いつしかふたつ同時に振り回すようになった。あんなものが唸《うな》りをあげて飛んでくれば、いくら重装鎧を着ていても、ひっくり返って転がるくらいはする。

「それ、俺の獲物……」

起き上がった敵に、サイファはガンガンと武器を打ち下ろしていく。おそらく厚さ数センチメートルはある鎧の表面が凹《へこ》み、つぶれ、ひしゃげていく。

「やぁはぁああ！」

よだれを垂らさんばかりに口を大きく開けて、鎧を潰していくサイファ。それを見て俺は既視感にとらわれた。

「そういえば、母さんがよくああしてハンバーグを作ってくれたっけ」

何かに似ていると思ったら、ミンチ肉を作る作業に似ていたのだ。両方の手で武器を持ち、交互に叩きつけるサイファに、周囲の連中はどん引きしている。なにしろ、打ち下ろすときの音が、ガンガンからぐちゃ、ぐしゃに変わっているのだ。

「そういえばアイツ。村で俺の次に強いんだよな」

普段俺と戦うと連戦連敗だが、村の中では妹のベッカと並んで、群を抜いて強い。ハッキリ言って、オーガ族の新種かと思うほど強いのだ。俺の場合、前世の知識と経験で勝っているが、素の能力でいったら、あの兄妹の方がはるかに優秀だ。

そもそも魔素量でいえば、俺はまだサイファに及ばない。ファルネーゼ直属の部下として、配下を多数抱える俺と比べても多いのだから、その強さが分かるというもの。鎧がのし板になった頃を見計らって、俺はサイファに止めるよう言った。

「あれ？　もう終わりか？」

どう見ても死んでいるとしか思えない残骸に話しかけるが、もちろん応えはない。

「ここでそんな発言ができるお前は貴重だよ」

静まりかえったこの空気をどうしようかと思案していると、後ろから空気の読めない声が響いてきた。

「ねえ〜、これどうしよっか。ゴーラン？」

サイファの妹のベッカだ。奴が掲げて持ってきたのは、俺の初撃を受けきった狐顔の男。首根っこを抓《つま》んで持ってくるあたりベッカらしいが、不自然に手足がユラユラしているのが気にかかる。

「おいベッカ、お前も空気を読め……じゃなくて、それをどうした？」

「ちょっとだけ強そうなのが寝てたのね。不思議だよね？　起き上がってこようとしていたから、こうボキベキバキボキベキバキ？」

「あー、もういい」

よく見たら狐顔の男、血の泡を吹いている。肺に骨が突き刺さっているのだろう。ベッカは兄と違って、武器をあまり使いたがらない。俺と最初戦ったときも、素手で首を絞めたり、金た（ピー）を潰そうとしてきたアブナイ奴だった。

いまは落ちついてきて、両手で頭を挟み込んでペシャンコにしようとするくらいだ。

ベッカはいろいろ危険なので、いつも関節を極《き》めて大人しくさせていたが、数年もすると俺のそれを真似《まね》しだした。毎日関節を極められて、いろいろ理解したのだろう。最近では、俺の関節を取りに来ることが多いので、返し技で反撃していたらあんな風になってしまった。俺以外の奴は、関節技の外し方や逃げ方を知らないため、ぽんぽん引っかかる。そして容赦なく折られる。ベッカも慣れたもので、手首や肘、肩くらいなら簡単に砕く。敵の状況からすると、両手足だけでなく、肋骨《ろっこつ》もかなり折られていると思う。もしかしたら、背骨も何ヵ所か砕かれているかもしれない。年間三百回くらい関節技をかけて大人しくさせていたら、あんな風に育ったかと思うと、ほんの少しだけ俺のせいかもと思うことはある。思うだけだが。

「おいベッカ。とりあえずそれは捨てて、他の獲物と遊んでろ」

「はーい」

興味を失ったのか、ぽいっと放り投げ、他の美味しい獲物――つまり魔素量の多い者を物色し始めたが、周囲はすでに沈静化していた。誰も戦っている者はいない。というか、地面に膝を付け、降参の合図を送っている。

「……あれ？」

どうやら、戦闘は終わったらしい。終わってみれば呆気ない戦いだった。すでに敵に戦意はない。ボスと戦おうと思ったら、終わっていた。そんな感じだ。何か恐ろしいものの片鱗《へんりん》を味わった気分だ。

「リグたちを呼んできてくれ」

手近なオーガ族の一人にそう伝え、俺は味方の部隊がいる方へ向かった。そっちも戦闘は終了しているらしく、事態を収拾させている最中だった。

「俺は部隊を預かるゴーランだ。そっちの隊長は誰だ？」

途中で声をかけると、奥から黒いマントをなびかせた髑髏《どくろ》男がやってきた。顔だけがガイコツで、身体は普通に血肉があるタイプ。スケルトン族とは違う。彼は魔法を得意とするスカル・シャーマン族だ。

「私が部隊長のイニッヒだ」

黒マントと節くれだった杖《つえ》を持つ姿に、子供の頃に観たアニメを思い起こさせた。

（こんな悪のヒーローみたいなのがいたな……ははははっと笑う奴。名前は、なんだっけか）

そんなことを考えていると、イニッヒは深々と頭を下げた。

「ゴーランよ、手伝ってくれて感謝する。数の不利は否めなく、どうしようかと悩んでいた」

「ふむ。現状を知らせてくれるか？　俺たちは城に向かう途中なのだ」

「どこまで知っている？」

「南から敵国が攻めてきて、ダルダロス将軍が軍をふたつに分けて迎撃に出たところまでだな」

「そうか……いまこの周辺は侵攻してきているロウス軍を押し返すために、どこも戦場になっている。すべてのルートで押し返すのは難しいが、抜かれると王城までの道ができてしまう」

「分かる」

「このルートは私が押さえに向かったが、こちらは一部隊、向こうは三部隊と数に差があってな。時間稼ぎをしているところだった」

このルートに敵の軍団長はいなかった。ただし、三人の部隊長がいたらしい。敵は一部隊だけ出撃させ、イニッヒはそれを迎撃している最中だったのだという。

「一部隊だけ？　全軍でくれば蹴散らして終わりだろうに」

なんでそんな悠長なことを？

「ああ、私たちは先に強固な陣を作ったのでね。敵は被害が出るのを嫌ったのだと思う」

最初、イニッヒたちは陣の中に籠もって出てこなかった。三部隊で陣を攻めたとしても、強固な防護陣を崩すのは難しく、しかも狭いために全軍が戦えるわけではない。このあとの戦いを考えても、兵力を温存したい。そんな思惑があったようだ。そこで敵は考えた。陣に籠もっているのならば、引きずりだしてやろうと。三部隊で襲いかかれば、陣の中から決して出てこない。だが一部隊ならばどうだろう。陣を挟んで部隊どうしが睨み合っていた場合、余った二部隊がここを無傷で通過してしまう。それを避けるためには打って出るしかない。

「なるほど。それで敵が増援を出してきたら陣に籠もると。要するに陣を挟んで駆け引きをしていた感じだな」

双方とも勝利条件が違うことが原因か。そこに俺たちが参戦したらしい。後方に控えていた二部隊に突撃をかけ、部隊長二人を倒した。後方から攻められて浮き足だった部隊を見たイニッヒは、ここが正念場と攻め立てた。そして犠牲を出しながらも、からくも部隊長の撃破に成功。残った者たちの戦意がなくなったことで、勝利が決まったらしい。

「このままだったら、じり貧になっていた。本当に助かった」

出撃してくるのは一部隊だけとはいえ、敵はローテーションできる。出撃しっぱなしで補充できないイニッヒたちが潰れるのは時間の問題だったようだ。

「お役に立ててなによりだ。俺たちは先に進むが、後始末を任せていいだろうか？」

「ああ。こんなときに移動するんだ。重要な任務なんだろ？」

「そうだ。この国の命運が掛かっている」

「だったら行ってくれ。ここは私たちで何とかする」

戦意をなくした敵兵は武器をとりあげているので、滅多なことはないだろう。

「じゃ、すまんが、先に行かせてもらう」

リグたちと合流して、もとの道に戻った。

「ねえ、ゴーラン。もう終わりなの？」

「そうだぜ、まだ敵が残ってたじゃんか」

「だまれ駄兄妹。目的を達したからもういいんだよ」

「えー、全員倒すまでが戦争でしょ？」

「家に帰るまでが戦争だぜ」

「どこでそんな言葉覚えたんだよ！」

なんて物騒な奴らだ。しかも俺の獲物を取りやがったし。今回、敵も兵を割いたことで事なきを得たが、あそこに軍団長がいたら、また違った結果になっただろう。

「しかし……こんな内部まで入られているとはな」

本当に急いだ方が良さそうだ。ダルダロス将軍の軍にばかり負担がかかるのもよくない。

俺たちは道を急ぎ進んだ。その後は何事もなく、王城に到着した。

さすがに城の近くには敵はいなかった。あたりまえだが。

道中急いだことで、予想通り二日早く着くことができた。

「みな、よくきてくれた」

ファルネーゼ将軍が俺たちを出迎えてくれた。なぜ直々に？　と思ったが、将軍が城を守っているのだから、中でふんぞり返っているわけにはいかないのだろう。

将軍はまず今回連れてきた百人を労《いたわ》ってくれた。こういう細やかな気遣いができるから、将軍として人を導けるのだろう。

「ゴーランも引率ごくろうさま。道中、変わったことはなかったかい？」

「ありましたよ。ダルダロス将軍の軍とロウスの軍が戦っているところに出くわしました」

「ほう。ゴーランが通るルートだと……それなりに国の内部になるな。そこまで侵攻されていたのか。これは私も気を引き締めないとまずいかな」

「いくつかのルートに分かれて侵攻しているようでした。俺が出会った道は、たまたま部隊長クラスしかいなかったので、何とかなりましたが」

「ということは戦ったんだな。そのわりには、みな平気そうだけど」

「俺たちが本陣に奇襲をかけました。部隊長二人をウチの部下が倒したので、戦闘自体はすぐに終了していますす」

戦闘が早く終結してよかった。ヨレヨレの部隊を引き連れてここに現れたら、何を言われるか分からない。

「ロウスの国は少し前まで戦争していたからな。十分な戦力を揃えられなかったということもある。もともと小魔王国の中ではそれほど大きくないこともあって、単独で戦えば、我が国が負けるはずはないのだし」

「それでも今回は時期が悪いですね。だからこそ同盟を組んで攻めてきたのかもしれませんけど」

「そういうことだ。ゴーランが早く来てくれたおかげで、戦闘も早く終わったようだしな」

「いま王都の守りはどうなっていますか？」

「副官のアタラスシアが外で陣を張っている。どんな相手だろうと、城まで到達させないと息巻いている。私が揃えたメンバーももうすぐ来るはずだ。来たら紹介しよう」

ファルネーゼ将軍が残りの百名を用意することになっている。さて、どんなのが来るのやら。

屋敷《やしき》の外が騒がしくなった。将軍が呼び寄せた者たちが到着したのだろう。

だがちょっと待ってほしい。そこには俺の部下もいる。つまり……入口の扉が破壊され、ゴロゴロと何かが転がってきた。

「……まっ、いつものことか」

新顔がいる　↓　メンチを切る　↓　殴る。これがオーガ族の平常運転だ。

「何なんだ、一体⁉」

将軍が驚いている。まあ、普通は驚くか。ひっくり返って目を回しているのは、意外にもヴァンパイア族だった。

「おそらくですが」

「うん？」

「俺の部下がじゃれいいたんだと思います」

「…………………」

非常に胡散臭《うさんくさ》い目で見られた。俺は変態ではないので、ゾクゾクしたりしない。将軍と一緒に外に出ると、ちょうど三人目が空高く打ち上げられたところだった。いい笑顔で拳を振り抜いたのはサイファ。こういう場合、妹が大人しくしているかといえば、そうではない。視線を彷徨《さまよ》わせると……いた。すみっこで関節技をかけている。

「あれ、地味に痛いんだよなぁ……」

うつ伏せになった相手の下半身が反っている。エビ反りではなく、もう少し凶悪な技。サソリ固めだ。ちなみに他のオーガ族も乱闘しているので、サイファやベッカだけが目立っているわけではない。

「なんなんだ、これはーっ⁉」

ファルネーゼ将軍の叫びに全員の動きがピタリと止まった。

甘いな。俺ならば、その間に二人は沈める。

乱闘した連中を集めて話を聞いてみれば、流れは俺が予想した通りだった。オーガ族はそういう「お約束」を外さないのだ。ちなみにオーガ族に怪我人はなし。俺が鍛えただけのことはある。鍛え抜いた中から選抜したのだ。平均的な戦力は、並のオーガ族を軽く凌いでいたりする。

一方、乱闘に巻き込まれた方はというと……。

「なかなか見られない光景ですね」

元気なオーガ族と包帯をまいているヴァンパイア族。

「それは嫌みか、ゴーラン」

「…………」

「まあいい……順番が逆だが、紹介しよう。これが私が集めた百名だ」

将軍が選んだ百名は、ヴァンパイア族が十名、デイウォーカー族が五十名、ルガルー族が四十名だ。集められたヴァンパイア族の十名は若者たちだ。未熟者と言えば分かりやすいだろうか。次代を担うと言えば聞こえがよいが、現時点では使いものにならない連中。

デイウォーカー族は、ヴァンパイア族の下位互換となる。中位種族となるが、中位種族はピンからキリまでいるので評価は避ける。一応希望を募って、選抜したらしい。そしてルガルー族。彼らはヴァンパイア族に従う連中と言うのが一番正しい。狼の顔をしていて、日本で言うところの狼男だ。このルガルー族は、戦士たちの中から選抜したという。期待が持てると将軍は言っていた。

なんにせよこれで二百名全員が揃った。敵の侵攻もあることだし、すぐに出発だ。ファルネーゼ将軍は、俺たちのために輜重《しちょう》部隊を用意してくれた。簡単に言うと、国を出るまで飯の心配や荷物の運搬をしなくてよくなったのだ。さすがに他国へ行ったら、向こうの流儀に従うため、輜重部隊は国境で帰すことになる。五、六日の道中だが、進むことに集中できるのはいい。

「国境を越えるまで、何の心配もない……って思ったんだけどなぁ」

まさかツーラート将軍が、俺の前に立ちはだかるとは思わなかった。

――王城　将軍ファルネーゼ

つい先ほど、ゴーラン率いる二百名の部隊が町を出発した。輜重部隊と斥候を手配したので、何事もなく国境を越えるだろう。

ゴーランの部隊が向こうに到着したら、折り返しの部隊がやってくる。国境まで送り届けた輜重部隊は、そのまま魔王軍の世話をすることになる。

もうすぐ待ちに待った援軍がくるわけだが、私はいま非常に頭が痛い。

「将軍、ダルダロス将軍から使者が届きました」

ダルダロスからの使者は二度目……いや、三度目か。

「呼んでくれ、すぐに会う」

そう、これが私の頭痛の正体だ。魔王軍が到着する前に、王城が落ちる可能性が出てきた。

ダルダロスからの報告で、この国に南から四つの国が攻め入ったのが確認された。小魔王ロウス、クルル、ルバンガ、ナクティの国だ。つい最近まで、二対二に分かれて戦争をしていた。停戦協定が結ばれた直後にこれだ。

迎撃はダルダロスの部隊のみ。私は城を守らねばならないし、ツーラートは北のレニノスに備えなければならない。

「四国が疲弊していることが、せめてもの救いか」

長年争っていたため、結構な数の将軍、軍団長、部隊長が戦死しているという。もともと小国だったところに戦死が相次いだのだ。戦力の低下は否めない。

いまのところ持ちこたえられているのは、そういう理由だからだ。

「それと、メラルダ軍の牽制も役に立っているのだろうな」

四つの国が手を取り合ったとはいえ、一枚岩ではない。国内に兵力を残しておかねばならないし、魔王国への対処も必要になっている。各国が出せる兵は、それほど多くないと予想している。

使者が私の前まで来ると、膝を折った。その切羽詰まった顔を見て、嫌な予感が頭をよぎった。

「何があった？」

「ダルダロス将軍からです。ロウス軍が急激に膨れあがっております。ルバンガ軍と合流した模様です。また、クルル軍もナクティィ軍と合流中であることが分かりました」

「やはり戦力を集結させてきたな」

ロウスとルバンガの国は以前から同盟を結んでいる。クルルとナクティィの国も同じだ。おおかた、各国で競争でもしていたのだろう。それで奥に入りすぎて各個撃破された。

これ以上の被害を出したくないため、合流を選択したのだろう。総数で勝っているのだ。合流した方が勝てると判断したに違いない。悪い考えではない。私でもそうする。

「それで、ダルダロスはなんと？」

「クルルとナクティィ軍を合流前に叩くそうです。合流された場合、受け止めきれないと」

「なるほど。各地に設置した防衛線はどうなっている？」

「いまのところ防衛線は機能しています。強固な陣はいまだ健在。そこに籠もって抵抗中です。ただし、押し返すには戦力が足りません。また、長引けば撤退もやむなしと報告を受けています」

耐えることはできるが、それだけ。じり貧だ。敵戦力を考えれば、致し方ないかもしれない。

「それでも、侵攻を受け止めているのだな」

「はい。ただし、いくつか抜けてくる部隊もあるようです」

敵は複数のルートを利用して侵攻している。当然、目が届かないルートもあるだろう。

敵が丁寧に侵攻ルートを教えてくれるわけではない。抜けられた場合は、直接王城に到達される可能性が高い。

「城へ到達した敵部隊はいるのか？」

「二部隊がやってきましたが、いずれもアタラスシア様が迎撃に出て、蹴散らしています」

「そうか。それはよかった。ただ、今後も増えそうだな」

抜けるルートがあると分かれば、敵はそこを突いてくる可能性がある。副官のアタラスシアが迎撃に出ている限り、滅多なことはないと思うが、ネヒョルのこともある。王城で迎撃するよりも、もっと別の場所に陣を敷いた方がよいかもしれない。

（いや、それだと迎撃に出るのと変わらなくなるか）

城を守るか、外に出て戦うか、難しい選択を強いられる。ここで安易に判断を下し、選択を間違えると大変なことになる。

「他に報告は？」

「ダルダロス将軍は、クルルとナクティ軍を叩くときに、自分が出陣すると申しておりました」

「将軍自ら前線に出るか。いよいよ尻に火が付いたな」

前線に出てしまえば、他の部隊への指示は出せなくなる。

「ファルネーゼ様には、ロウス・ルバンガ軍を襲撃してもらいたいとのことです」

「たしかに、膨れあがったロウス・ルバンガ軍は誰かが相手をしなければならないが、城を出るのか……」

さてどうしたものか。ゴーランの話もあったが、いまロウス軍はこの町から近い場所にいる。ルバンガ軍がそれに追いついたのだろう。だが、合流軍を叩く、それこそが罠の可能性もある。城から大部隊が出ていった瞬間、どこからともなく占領部隊が現れる、なんてことも考えられる。

「魔王トラルザードからの援軍が到着したら私が動くつもりだったが、それでは間に合わんか？」

「ダルダロス将軍の見立てでは、そろそろ限界であると」

「そうか……厳しいな」

ダルダロスが出撃したので、今後は敵軍の把握が難しくなる。トラルザードの国から味方となる部隊がやってくるとしても、あと十日はかかる。それをアテにしていては、間に合うものも間に合わなくなる。ここは決断すべき時かもしれない。

「出陣やむなしか。ロウス・ルバンガ軍のルートを教えてくれ」

「は、はい！　現在の侵攻ルートはこちらであります」

使者は地図を差し出した。そこには敵味方の予想される勢力図と、これまで戦っていた場所などが描き込まれていた。地図を見るだけで分かる。ダルダロスはよくやっている。この町からたった一日半の距離にある場所で、かなり危険な戦いをしているのだ。

「両軍の数はこれで合っているか？」

「はい。確認とってあります」

こちら側がかなり寡兵のようだ。四分の一くらいしかいない。ダルダロスも慌てるわけだ。強固な防御陣に籠もったとして、なにかあれば一気に押し切られる戦力差だ。そしていまも絶望的な戦いを繰り広げている。

「戦場が移動していると仮定して……後方で陣地を構築しつつ、脆くなった陣を放棄して撤退戦……いまはこのあたりかな」

敵は兵の損耗を避けているからこそ、ダルダロスは踏ん張っていられる。敵は、王城で本気の戦いをすると決めているのだろう。

「よし、軍をまとめてすぐに出立する。みな、あとは頼むぞ！」

「将軍、ツーラート将軍から使者が届きました」

「今度はツーラートか。使者をここへ呼べ！」

どういうことだ？　北の国境で何かあったのか？

使者はすぐにやってきて膝を折る。草狐族《そうこ》だ。足が速く、伝令には向いているが、体力が少ない。てっきり空を飛ぶ者が来たのかと思ったが、ツーラートの奴、どういうつもりだ？

「報告します。ツーラート将軍は、レニノスの国境付近より少数の部隊とともに南下しました」

「……？　それはいつの話だ？」

「南下を開始したのは、四日前になります」

「…………」

　いまから四日前となると、南から侵攻があった情報がツーラートのもとに届いた頃だな。

「北の守りはどうなっている？」

「レニノスとファーラの両軍はいまだ激突中で、脅威度が低いと判断しました。また、陣を離れる際は、他国の斥候に見つからないよう、数人ずつで移動しています」

「徹底しているな。気づかれずに陣を抜けられたのか？」

「レニノス軍に動きがあれば、すぐに戻る予定でした」

「それがなかったと……なるほど、理解した」

　ツーラートは考えたのだろう。城が落とされれば、いくら国境を守っても意味はないと。だが、こっちが他国の情報を探っているのと同じように、他国もこちらの情報を探っているだろうに。

「だからか……」

　ツーラートがここまで一切の連絡をしてこなかった理由。事前に報告すれば、誰かの耳に入るかもしれない。それが巡り巡って、レニノス軍に届くことも考えられる。

　ゆえに報告は最後にしたのだろう。

「城を通過したところで、ロウス軍らしき軍勢と遭遇しました。一戦のもとに撃破しております」

「そうか！　いま地図を持ってこさせる。場所を知らせろ」

「はっ！」

隠密行動中ゆえに、城へ近づかなかったのも分かる。北上を続けるロウス軍と出会ったのは、運がよかったな。

「それとダルダロス将軍が作製した敵の侵攻地図を持たせる。うまく活用するように伝えてくれ」

情報を封鎖して、他部隊との接触は最低限にしていたはず。敵の侵攻ルートを把握していないだろう。

使者に確認させたところ、ツーラートが接敵したのは、私が出ていこうとした地域だった。そこは城まで複数のルートがあり、ダルダロスの手が回っていない場所。

ツーラート本人が動いたならば、半分は任せていいかもしれない。

「報告します。ツーラート将軍から使者が届きました」

「またか！　すぐにここへ呼べ！」

慌ただしい。それだけ戦局が動いているといえるのだが。

「報告します。ツーラート将軍が率いる部隊が、敵の大部隊と接触。将軍が敵の軍団長を倒し、敵はバラバラに逃げ帰っております。現在追撃中です」

続いて報告がきたということは、連戦か。ツーラートの奴、なかなかやるな。

「ここに地図がある、詳しい報告を頼む」

「はっ！」

そうして使者が印をつけた場所に、私は既視感があった。たしかここは……。

「ここはゴーランの部隊が通過するルートだったはず……」

＊

先行させていた死神族が戻ってきた。戦闘音が聞こえるという。城に着く前もそうだったが、どうやらかなり奥深くまで入り込まれているようだ。

「どこの部隊か分からんが、このまま襲撃するぞ。お前ら、戦いの時間だぞ！」

「「「うぇーい！」」」

俺たちの国を荒らしまわる連中にかける情けはない。どうせ敵味方は、突っ込めば分かる。このまま突撃だ。

木々の合間を縫って駆けていく。戦闘音は木々の向こうから聞こえた。

「ヒャッハー！」

オーガ族が一斉に木々を抜けた。横一線だったため、誰が一番か分からない。

敵は俺たちを見てギョッとした。俺たちもギョッとした。敵は大勢で、味方は少数。だが、その少数の味方が、五分どころか、押しぎみに戦っていた。

「突っ込めぇ！　いや、喰らい尽くせ！」

俺たちが敵の横腹に食いついたからか、敵の陣形が一瞬で崩れた。俺は敵兵を深海竜の太刀で屠《ほふ》りながら、味方の軍を目で追う。

（ダルダロス将軍の部隊のはずだが……巨人族が多いな）

俺の横で棍棒《こんぼう》を振り回しているのはサイクロプス族で、一際デカいのはフォレストジャイアント族だ。飛天族のダルダロス将軍が率いるより、トールトロル族のツーラート将軍が率いている方が似合っているが……と思ったら、いたぁ！

「ツーラート将軍！　なんでここにいるんですか⁉」

どうりで巨人種ばかりだと思ったよ。というか、レニノスへの対処はいいのか？

ツーラート将軍は持ち前の巨体で、敵をガンガン蹴散らしている。将軍にかかると、敵兵はまるで赤子のようだ。将軍が金棒を一振りするだけで、敵が面白いように飛んでいく。

ついにツーラート将軍が敵の……あれは軍団長か。それと対峙した。魔素量は将軍の圧勝。相手は不利を悟ったか、かなり顔が険しい。それでも将軍の攻撃を二合、三合と受けた。それなりに互角の戦いを繰り広げるのは、敵ながらさすがだ。だが、魔素量の差は歴然。追い込まれた相手は、防戦一方となる。そうなるともうツーラート将軍の独壇場だ。連打、連打、連打、連打で追いつめていく。

「これは……決まるな」

そもそも幅広の剣で、ツーラート将軍の金棒を受け続けられるわけがないのだ。硬質な音を響かせて剣が折れ、その勢いのまま、将軍の金棒は見事、敵軍団長の頭を砕いた。

「――ウォオオオオ！」

ツーラート将軍の雄叫びで、この戦いは終了した。

「どうしてもやるのですか？」

我ながら馬鹿なことを聞く。

「ああ」

ツーラート将軍の部下は、逃げた敵兵を追っている。しばらく戻ってこないだろう。ここに残ったのは将軍のみ。そして俺に一騎打ちを所望してきた。

あれだ。将軍が一兵卒相手にマジになるなんて、本来前代未聞のことだ。

だが、将軍の目は真剣だった。ならば、応えなくてはならない。

「お前らは先に行け。俺は後からいく」

日頃から結構好き勝手している奴らだが、こういうときは素直に命令を聞いてくれる。声に少し威圧感をかけているのがいいのかもしれない。

部下たちは出発し、俺とツーラート将軍だけがこの場に残った。

「先日の雪辱を果たさせてもらう」

先日というと……夜会のアレか？

どうやら余興に決着がつかなかったのが、納得できないらしい。

「そんで武器ありのタイマンですか？　俺はツエーですよ」

「知っている」

軽口のつもりだったけど、マジに返してくれた……って、よく見たら、ツーラート将軍はボロボロだ。

そういえば本来、北の国境にいるはずだし、強行軍の果てに連戦でもしたんじゃなかろうか。

「そんな状態の将軍に勝っても自慢できないですし、日を改めませんか？」

「その日があるならばな」

あー、俺はこのあと国を出るのか。いつ戻れるかも分からないし、約束はできないものな。

「……分かりました。じゃ、やりましょう。ちゃちゃっと終わらせてあげますよ」

俺は深海竜の太刀を構えた。ツーラート将軍は先の軍団長を屠った金棒だ。

この勝負、一見するとツーラート将軍の勝利が確定的に見える。だが、脳筋オーガ族にとって一番相性がいいのが、ツーラート将軍のようなタイプだ。

オーガ族が、魔法を使わない敵と戦ったときの安定度は、上位種族に匹敵すると言われている。

それに俺には信頼できる武器と、長年培った経験がある。ということで、まずは小手調べ。

――ザシュ！

深海竜の太刀でツーラート将軍のみぞおちを突いた。刃は将軍の身体深くにめり込み、突き抜ける前に止まる。将軍クラスになると、オーガ族の膂力で突いても貫通させてくれないらしい。

「よっと！」

ツーラート将軍の腹に足をかけて太刀を抜く。そして間合いから離れた。

（速度は俺が上か。まあ、そうだろうな。だけどアレ……反則だろ）

すでに腹の刺し傷は治っている。トールトロル族は自己治癒能力に優れている。致死性のダメージを与えても、時間さえあれば治ってしまうとさえ言われている。

「速いな」

「いつも俺より速い相手とばかり戦っているんで、その評価は新鮮ですね」

太刀でチマチマ削ったところで、ダメージはすぐに全快される。もちろん回復に魔素を使うが、将軍の魔素が切れる前に俺の魔素がなくなる。一撃で大ダメージを与えたいが、さてどうするか。

斬りかかってみたが、刃が浅くしか入らない。皮膚は斬れても、その下の筋肉に阻まれてしまう。一方、将軍の金棒は、デカいだけで避けるのも大変だ。

「不公平だろ」

笑えるくらいこっちが不利だ。だが魔界の戦いはいつもこんなものだ。ならば俺ができる範囲内で、抗《あらが》ってみようじゃないか。軽い攻撃は効かないが、大ぶりはさすがに避けられる。ならばどうすればいいか。

「こういうのはどうだ？」

剣の間合いの外で俺は一回転した。

「……ッ!?」

ツーラート将軍の突き出した拳が裂ける。いま、何をされたか分からないだろう。

「そうやって不用意に近づくと、こうなるんですよ」

将軍の踏み出した右足を薙いだ。膝上のあたりから血が噴き出す。

裏拳というものがある。相手に背を向けながら、遠心力を利用して拳を叩きつける技だ。

俺は太刀を持って、それを行った。結果、どうなったかというと、俺の膂力と回転の力が加わった太刀が、真横からすっ飛んでくる。

続けて二度も見せたから、警戒している。そういうときはこうだ。

横回転を警戒しているのならば、縦回転をお見舞いすればいい。ピッチングの要領で、太刀を持った腕を振り回した。そして裏拳。三度目は、下からすくい上げるようにして振り上げた。縦横斜めと変幻自在に飛び回る太刀。この連撃を繋げたらどうなるか。答えは、まさに暴風だ。手を出せば痛い目を見るのは必至。かといって、逃げてばかりじゃ、俺は止められない。

ツーラート将軍は俺の連続回転斬りを攻略できず、防戦に追い込まれる。

だが、相手は歴戦の勇士だ。多少の怪我をものともせずに、突っ込んできた。オーガ族が同じことをしようものなら、身体が四つ、八つに分かれておさらばだ。

ツーラート将軍は出血しつつも、俺に迫った。そうなった場合、隙がデカいのは俺の方になる。大ぶり後の硬直を狙われた。ツーラート将軍の金棒が迫る。

「やった！　って思ったでしょう？　残念でした……あれ？」

回転運動に目が慣れたあとに刺突攻撃が入りやすいのは常識。ツーラート将軍の胸板をぶち破って……と思ったら、またしても筋肉で止められた。

「マジかよ、こんちくしょー。その筋肉、硬すぎだろ」

分かった。俺の魔素量じゃ出せる力に限界がある。そしてどんなに力を加えても、俺ではツーラート将軍の鋼のような身体を貫く攻撃ができない。

悔しいな。悔しいよ。これが魔界の格差社会ってやつだ。魔素量の関係で、どうしても埋められない差がある。どんなに技術を身につけても、どれほど鍛錬しても、魔素の壁を越えない限り、致命傷を届けることができないのだ。つまりこの勝負、俺の負けだ。

うん、分かってた。はじめから分かってたよ、こんちくしょー。俺ではツーラート将軍に届かない。勝てないんだ。

俺は深海竜の太刀を将軍の胸から引っこ抜いた。引っこ抜くのはこれで二回目だ。一回目は小手調べ、二回目は本気の本気だったんだけどな。結果は変わらなかった。

（……というわけで、やり方は覚えたか？）

俺は、俺の中に眠る「おれ」に語りかけた。これまでの攻撃はすべてツーラート将軍に効かないと見せかける……いや、本当に効かなかったけど、デモンストレーションみたいなものだ。

俺では効かないが、「おれ」ではどうか？　それをいまから確かめる。

（もちろん準備はいいよな？）

俺は身体の中に問いかける。三点差で九回裏ツーアウト二死満塁を任せるんだぜ。心の中の問いかけに、「おれ」は応えてくれた。身体の内から何かが湧き上がってくる。

（きっちり代打でホームランを決めてくれ）

心の中にそう告げて、俺は意識を……手放した。

――ゴーラン　裏

「さあて、久しぶりだな」

おれは首をコキコキと鳴らした。おう、身体はいい感じに温まってるじゃねーか。そんで目の前には強敵。お膳立てもバッチリだぜ、「俺」。

「お前……その魔素は……？」

目ん玉をおっぴろげているところわりーが、「俺」の奴が毎日阿呆みたいに器を広げる鍛錬をするものだから、おれが出てこられる時間が段々短くなってんだよ。つぅわけで、最初から全力でいくぜ。文句は「俺」が受け付けるから、悪く思うなよ。

おれはデカブツの腹に太刀をぶっさした。

「へへへ……どうだい？」

背中までキレイに抜けた。もちろんこれで終わりじゃねえ。太刀をグリッと半捻《ひね》りしてから抜く。ほれ、腹と背中から血が噴き出した。

「お前は……誰だ？」

「おれか？　おれは『おれ』だぜ。そんな分かりきったこと言ってるヒマがあるのかよ」

二発目もまた腹に刺した。背中に貫通したが、さっきより抵抗が大きいのは、筋肉で締めたからだろう。太刀を捻って引き抜く。この分じゃ、三度目は通用しねえな。……となると、やっぱりアレでいくしかないか。

「そぉれ、裏拳斬り！」

裏拳で斬るんだから、裏拳斬りでいいだろ。「俺」みたいにうまくいかないが、何度かやったら慣れた。けど、デカブツの方も対応しやがった。成果は、裂傷二本と、軽傷三本ってとこか……っと、さっき開けた穴が塞がってきてるじゃねーか。

「時間もねえことだし、一気にいくぜ！」

連続裏拳斬りで死ぬまで斬り刻んでやるよ……って、このバカッ！ 防御無視で攻撃してきやがった。あれか？ 大ダメージを受けても、一撃入れれば勝ちってやつか？ 嫌だね、付き合ってやるもんか。

おれの背丈よりよっぽど大きな金棒を振り回すんだ。避けるのは造作もないぜ。

連続攻撃こそできなかったが、確実に追いつめている。だがおれも追いつめられた。もう残り時間が少ねえ。

「……ったく、しぶといやろうだな！」

デカブツが真上から金棒を振り下ろしてきた。さっきまでなら横に避けてから反撃したんだが、今回は違う。三歩踏み出して懐に入った。

「ここなら目を瞑《つぶ》っても当たるぞ」

渾身《こんしん》の力で裏拳斬りをやってやる！

「……って、ええっ!?」

振り下ろした金棒で地面に穴を穿ちやがった。おれの足場が崩れる。

「この馬鹿力めっ!!」

渾身の力で太刀を振るった。感触はあった。肉をごっそり抉り、骨を断ったのが、太刀を通して分かった。だが……。

「ま　じ　か　よ　!」

地中深くめり込んだ金棒をあろうことか、そのまま振り上げやがった。土中のどこから出てくるか分からなかったわ。だから太刀を振り切る直前に、喰らってしまった。そんでいまおれは、絶賛浮遊中だ。

——どっぼぉ〜〜ん
水ん中に落ちた。やばい、身体が動かねえ。あれだって、「俺」だったらもう少し楽に避けられたんだが、つか威力なんて、ほとんどなかっただろ。あんなんで吹っ飛ばされるなんて、反則だ。

残り時間が少ないってのに……あっ、マジ身体が動かない……これ……駄目なやつだ。

こうしておれは、意識を手放した。

＊

——ザッバーン！

川から勢いよく顔を出した俺を見ていたのは、リグをはじめとした俺の部下たちだった。

「ゴ、ゴーラン様、ど、どうされたんですか？」

「あっ？　ここはどこだ？」

「進軍の途中で、いま昼食を摂《と》っております」

リグの言葉に周囲を見ると、たしかにみな、飯を食っていた。なんで唖然とした顔でこっちを見ているんだ?

「遅れそうだから、泳いできた」

「…………」

とりあえず言い訳をしておいたが、リグが変な生き物を見るような目を向けてきた。

「俺の分はあるか?」

「は、はい。ご用意してあります」

リグがすっ飛んでいく間に、さっきのことを考えた。

(一度地面にめり込んだ金棒を土砂ごと巻き上げて攻撃するって、どんな力だよ)

威力なんて、本来の何十分の一しか発揮されなかったはずだ。にもかかわらず「おれ」は吹っ飛ばされて、気を失った。まったくチートな種族はこれだから困る。

「負け……かな」

身体の冷え込み具合からしても、一時間や二時間は流されたんだろう。その間ずっと気絶していたわけだ。太刀も最後まで振り切れなかった。

あのタイマンは俺と「おれ」で挑んで負けた。いいところまでいったと思うが、魔界で善戦したところで何かが変わるわけではない。

「さすがに将軍は格が違うってことだな。この国も安泰じゃねーか?」

「何が安泰なんでしょうか？　ゴーラン様、昼食の用意ができました」

「おう、んじゃ食うか」

先ほどの独り言の答えをリグが待っているようなので、こう言ってやった。

「この国の将軍はみんな俺よりツエーから、どんな敵が攻めてきても安泰だなって言ってたんだ」

するとリグは「なにを当たり前なことを」と言って、自分の食事に取りかかった。

まあ、そうだよな。将軍が強いおかげで、俺たちは平和を享受できるんだ。

嗚呼《ああ》、将軍万歳、平穏万歳、戦いのない世の中、万々歳だな。俺は本当にそう思う。

――ワイルドハント　ネヒョル

エルダーヴァンパイアは、魔界にたった一体しか存在しない。進化する方法を知っているのはメルヴィスのみ。だったら本人に聞けばいいと、ボクは小魔王メルヴィスの配下になった。

同じヴァンパイア族の将軍を訪ねて、部下になったんだ。

ボクはここで、メルヴィスが起きるまで待つつもりだった。だけど、一向に目覚める気配がない。待ちきれなくてボクは、メルヴィスの寝所に近づいたことがある。

だけど寝所は結界で覆われていた。しかもそれは堅牢にして強固。解除するにも、そのとっかかりさえ摑めなかった。

かつて大魔王まで上り詰めたメルヴィスの魔法練度はすさまじく、ボクじゃ足もとにも及ばなかったんだ。

「こんな強力な結界……何百年かかったって、ボクじゃ無理だよ。それにこれ、聖属性の力も使われてるじゃん。大昔に聖属性の呪いを受けたって聞いたけど……転んでもただでは起きないってことかな。呪いの力を利用するなんて、さすがエルダーヴァンパイア」

しかもそれは聖属性そのものでもなかった。かなり変質しているように感じた。たとえ聖力を扱える堕天種を連れてきても、解除は無理だと思う。

「呪いの正体が聖力だとして、メルヴィスの力が落ちているのは事実なわけで……うーん、魔素と聖力が相殺されているから、大魔王なのに小魔王って支配の石版に載っているのかな？」

メルヴィスの体内に聖属性の力が残っているのは、そういう理由なんだと思う。

「寝所には入れないし、これは諦めるしかないね」

それからボクはまた、雌伏の時を過ごした。もともと飽きるほど生きてきたし、あと数十年、数百年待ってもよかった。

あとになって、寝所には強力な配下が二体、封印されているって聞いた。もしそれが本当だったら、無理して入らなくて正解だったかも。

それからまた長い時が過ぎて、ここにいるのに飽きた頃、転機が訪れたんだ。

城の下働きの雑談から、面白い話を聞いちゃった。

「へえ、書庫ね……それは気がつかなかったな」

メルヴィスの書庫には、本人の日記が収められているらしい。もしかしてエルダー種に進化する手がかりがあるかもしれない。ボクは機会を待った。戦場で手柄を立てて、ゴーランを使った結果、日記を閲覧することができたんだ。邪魔な見張りが一人ついたけど。

結果から言うと、日記は大当たりだった。ただし、重要な部分は、解読しないと分からないようになっていた。だけどそれはいいんだ。この中に必要な知識があると分かれば、もうここには用はない。だからボクは、メルヴィスの支配から抜けることにした。

支配のオーブの繋がりを強引に断ち切ったんだ。ゴリッと身体の中から「何か」がちぎれる音がしたけど、それに耐えた。あとはもうここから消えるだけ。行きがけの駄賃に、ボクを監視していたヴァンパイア族を血祭りにあげて、この国を抜け出した。


移動中にボクは、日記を解読した。その結果、エルダーヴァンパイアになるには、魔王が体内に持つ支配のオーブと、それと同程度の生命石が必要らしいことが分かった。

ボクは早速、新魔王を誕生させるべく動くことにした。魔界に名を轟かせている老獪《ろうかい》な魔王を倒すよりも、よっぽど楽だからね。

手始めにボクは小魔王チリルを殺した。もちろんこれには理由がある。魔界が混乱して、大規模な戦争が起きないと、なかなか魔王が誕生しないからだ。

魔王って、普段はとても腰が重い。それなのに新魔王の誕生だけは、阻止しようと動くんだ。

ボクは小魔王ユヌスに、魔王へなってもらうことを考えた。一番の近道は、ユヌスの配下になって、他の小魔王国を落としていくことだけど、絶対に途中で魔王の邪魔が入る。魔界に千年以上、新しい魔王が誕生していないのは、それが理由なのだから。

だからボクは、魔王が介入できないくらいの混乱を魔界に起こして、その隙に魔王を誕生させようと考えた。その試みはいまのところうまくいっている。チリル亡き後、あの国は将軍同士で争っている。他の小魔王国も動き出して、大変な混乱が起こっているらしい。

ボクはその隙に小魔王リストリスも殺した。これまで以上に大きな混乱が起こると思う。次は小魔王モニンか、ウルワーを殺すつもりだけど、そろそろ魔王たちがボクの狙いに気づくと思う。そうしたら、新魔王誕生を阻止するために、絶対に手を出してくる。

ボクはここで四つの策を考えた。モニンかウルワーを殺しにいくか、ユヌスの下につくか、魔王が注目していない別の国にいくか、介入される前に魔王へ仕掛けるかだ。

「どうしようかなぁ。チリルもリストリスも大したことなかったし……」

たしかに小魔王は強いが、それだけだった。ただ強いだけ。底が浅いんだ。もっとゴーランのように、何をしてくるのか分からない怖さがあれば、ボクも満足できるんだけど……ああ、ゴーランのことを考えるだけで、ボクは腰のあたりがムズムズしてくる。

国を出てから何度、ゴーランと戦うことを夢に見ただろうか。ゴーランとの戦いがここから本番というところで、いつも夢から覚める。いくら想像しても、その戦いの先が浮かんでこないんだ。

ゴーランはきっと、ボクがまだ知らない奥の手をいくつも隠し持っている。ボクはそれを食らって「へえ、すごいね」と驚くんだ。そしてボクの奥の手は、ゴーランに通用しない。

ボクはゴーランに言ってやるんだ。「これを躱されるなんて、ビックリだよ」と。

ああ、ゴーランと戦いたい。もう、何もかも投げ出して、ゴーランのところへ飛んでいきたい。
そして勝負を挑むんだ。ゴーランは笑ってそれを受けてくれて、「今日こそは容赦しねーぞ！」と
か言って、微笑むんだ。ボクを目の前にしてもなお、ゴーランは嬉しそうに笑う。
ああ、ゴーランに会いたい、逢《あ》いたい、すごく遭いたいよ。ああ、嗚呼、ゴーラン。

副官に肩を揺すられるまで、ボクはずっとうわごとを、、、、呟いていたらしい。
もし、どこかでゴーランを見つけたらボクは……絶対に我慢できないと思う。
でも、戦闘狂のゴーランなら、ボクと戦ってくれるよね？　絶対に戦ってくれるよね？

閑話

【閑話　二】将軍ダルダロスの迎撃戦

　この日ダルダロスは、副官と軍団長を集めて作戦会議を行った。

「よっし、まずは事実の確認といこうじゃないか」

　ダルダロスは副官に目配せする。話せということだ。副官は黙って頷いた。

「それでは、これまでの経緯を説明します。昔の話になりますが、ロウスとクルルの軍が国境でぶつかりました。原因は分かりません。ただ、これが戦争のはじまりと言われています。最初は小競り合いでしたが戦線が拡大し、互いに退けなくなったようです。そこを好機とみて、他の二国が参戦してきました」

「そっから四つの国で長い間、戦ってきたんだよな」

「そうです。どの国も勝ったり負けたりを繰り返し、決着が付かなくなりました」

「同盟を最初に結んだのは、ロウスとルバンガだっけ？」

「はい。その二国が組んで、クルルに攻め込みました。一気に戦争を終わらせようとしたようです。二国から攻められたクルルは急遽、ナクティと同盟を結んで、これに対抗しました。クルルが敗れたあとは、自国が標的になるとナクティは思ったのでしょう。同盟はすんなりと成立したようです。ここから二国対二国の戦いになり、戦線はさらに拡大しました」

「このままずっと戦争が続くと思ったが、よく和平を結んだな」

「双方とも、多くの戦死者を出しましたので、これ以上の戦力低下を怖れたのだと思います」

「だとしても……だ。だってまさか、コレだぜ？」

軍団長のミアーザは、ダルダロスの視線の先——机上の地図に視線を落とした。全員の視線が地図に集まったところで、ダルダロスは続けた。

「だってまさか、つい最近まで争っていた国がだよ、仲良く手を繋いでやってくるとは思わねーじゃん？　なんでロウスとクルルが同時に攻めてくるわけ？」

地図の上には、敵に見立てた石がいくつも置かれている。それはあまりに数が多かった。

「現実にやってきたわけですから、手を組んでいると考えられます」

「だよな……えっと、こっちがロウスで、ここはクルルの軍か？」

「はい。両国とも城を目指して、一気に北上してきました」

敵の発見が遅れてしまい、かなり奥まで入り込まれてしまった。国境付近の町はすべて、要塞化してあったが、そこを素通りされたのだ。何もない村や、価値のない小さな町ならいざ知らず、街道の要所には、高い壁で覆われた町がいくつも存在している。そこで防衛戦を行いつつ、援軍を待つ予定でいた。

ガチガチに固められた町を攻略するには、多くの時間と、多数の兵が必要になる。占領後も、町の維持に時間が必要で、治安を悪化させないためには兵を置く必要がある。そう思っていた。

だが敵は町を攻略せず、気づかれないように、わざわざ遠回りして進んできた。それゆえ、想定していた町での防衛戦ができなくなってしまった。

「こうなると、街道の砦に籠もって戦うしかないか」

街道にはいくつも関《せき》が設けられている。関が砦化されているところも多い。山に囲まれ、他に抜けられる道が存在しない場所には必ず関がある。ここを素通りすることはできない。籠もるとしたら、そこしかない。

「敗走したら、素通りしてきた町から攻撃を受けます。その危険があってもなお、城を目指したということは、今回の侵攻で確実に城を落とすつもりだと考えられます」

「そうだな。敵は不退転の決意で来ているはずだ。というわけで、軍を分けるぞ。ミアーザは部下を連れてこの砦に入ってくれ。戦闘継続と撤退の判断は任す。砦が落ちたらここまで下がって、同じように防衛線を張るようにな。ルイズはここの砦だ。他の砦から離れているけど、敵は必ずここを狙ってくる。守りやすい場所だが、気を抜くなよ」

ミアーザとルイズはともに頷いた。両方とも城に続く重要な街道だ。抜けられたら城まで一気に迫られてしまう。

「他はオレと一緒に後方で待機だ。敵の進軍ルートだが、まだ全部把握できてねえ。逐次投入になるが、敵が出た箇所に、お前たちを派遣する。すぐに発てるよう、準備だけはしておくんだぞ」

「「「ハイッ！」」」

「よし、いい返事だ。じゃ、ミアーザ、ルイズ。頼むぞ」

「お任せください！」

「必ずや、ご期待に応えてみせます！」

侵攻してきたロウス、クルル軍に向けて、軍団長ミアーザとルイズが迎撃に向かった。

この国の存亡をかけた戦争がはじまったのである。


砦に到着したミアーザは、すぐに防備を固めた。ここから後ろは、城まで一本道。絶対に抜けられるわけにはいかない。

空からの偵察で、ロウス軍が部隊を分けたことが分かった。ミアーザは対応すべく、同じ数だけ部隊を分けた。もし取りこぼしがあれば、道を迂回され、後方から攻められてしまう。

「兵数が心許ないが、仕方ないか」

少ない兵をさらに分けたことで、ミアーザの本隊は半分以下に減っていた。そこへ、ロウス軍の本隊がやってきた。

「ついにきたか」

跛行《はこう》天狗族のミアーザは、魔法攻撃に特化しているものの、空を飛ぶのは得意ではない。地上から魔法を撃つことが多い。一方、同じ軍団長である闇鴉《やみからす》族のルイズは、空の上でこそ実力を発揮する。ミアーザとルイズが組めば、地上と空から絶え間ない魔法攻撃を繰り出せる。両者はとても相性の良いコンビであった。だがいまは、別々の戦場で戦っている。

ミアーザはルイズの無事を祈りつつ、迎撃の準備を始めた。

「砦に籠もって戦う。魔法主体でいくぞ。砦に取りつかれたら終わりだと思え！」

敵は簡単な陣すら構築せず、砦が見える場所で休息している。誘っているのだ。ミアーザは砦を出ることはしない。ミアーザが動かないとみたのか、敵が動き出した。軍の真ん中が割れ、奥から巨大な何かがやってきた。

「……ッ!? あれはゴーレム族。敵は本気だぞ。魔法隊、用意！」

ゴーレム族は足が遅い。砦にたどり着く前に、魔法でほとんどが破壊し尽くされる。それでも何体かは生き残って、たどり着く。

ゴーレム族の膂力はミアーザもよく知っている。いかな砦といえども、ゴーレム族が本気で打ち据えれば、破壊もあり得る。

「魔法隊、出し惜しみはするな！　ここでゴーレム族を叩かないと、あとがないぞ！　撃てぇ！」

数十条にも及ぶ魔法が砦から放たれ、次々とゴーレム族が倒れていく。それでもゴーレム族の足は止まらない。十体に一体でもいい。陣にたどり着きさえすればそれで勝てる。敵はそう信じているかのように、じりじりと砦に迫っていた。ゆえにミアーザは発破をかける。

「最大火力で殲滅しろ！　たどり着かせたら終わるぞ！」

出し惜しみはなし。これでもかと魔法弾をゴーレム族に向けて撃ち出す。破砕音が連続して響き、土煙が爆風で高々と舞い上がる。視界が奪われ、何も見えなくなった。それでも魔法弾は止まない。すると煙の中から、思ってもみなかった種族——鎧王亀族《よろいおうがめ》が姿を現した。

「いつのまに⁉　各自、衝撃に備えろ！」

鎧王亀族はゴーレム族よりも足が遅い。そういえば、ゴーレム族の歩みは鈍かった。ミアーザはそのことに思い至った。はじめからゴーレム族は、使い捨ての壁だったのだ。

鎧王亀族の突破力は群を抜いている。体当たりを許せば、そのまま最奥まで突き抜けていくほど威力がある。直後、鎧王亀族の体当たりで、砦の丸太がはじけ飛び、岩が砕かれ、ミアーザの身体は宙を舞った。


「……ここは？」

ミアーザが目を覚ましたとき、空は茜色《あかねいろ》に染まっていた。野ざらしではない。板の上に寝かされている。ミアーザは上半身を起こし、周囲を確認する。

「お目覚めですか」

やってきたのは、ミアーザの副官だった。

「あれからどうなった？　鎧王亀族は？」

鎧王亀族の突進で砦の防壁は崩れてしまった。あそこから巻き返すのは不可能に思えた。

「砦を放棄して撤退しました。いまは、第二の砦に籠もっています」

「そうか……」

砦を抜けられた場合、王城まで敵軍を阻む者はいなくなってしまう。防衛が無理だと判断した瞬間に撤退したことで、被害は最小限に抑えられたようだ。それでも、ダルダロス将軍から与えられた任務を全うできなかったことに、ミアーザは忸怩《じくじ》たる思いを抱えた。

「撤退時、動けなくなっていた鎧王亀族だけは、トドメを刺しました。今後、あれに砦が脅かされることはないでしょう」

「そうか。それはよい報《しら》せだ……ん？　どうした？」

副官の顔色が悪い。

「つい先ほどですが、敵と交戦していたルイズ軍団長の部隊が砦を放棄し、撤退を開始したとの報告が入りました」

「……ルイズのところもか」

ルイズはクルル軍とぶつかったはずだ。多数の敵を相手に防衛戦をしたのだろう。だが自分たち同様ルイズも持ちこたえられなかったようだ。

つい最近、この国はレニノスの国からの侵攻を二度にわたって退けた。自分たちはやれると勘違いしていたかもしれない。そして敵の勢いを甘く見てしまった。

「しかし、ルイズならば持ちこたえると思ったんだがな」

「現在撤退戦を行っているとのことです」

「救援に向かいたいが、こちらも状況が許さないか」

ミアーザは乾いた笑いを漏らす。

他の救援どころか、自分たちですら、壊滅するかもしれないのだ。

「ダルダロス将軍に連絡は？」

「入れてあります」

「ではせめて、我々の職務を果たすとしよう」

砦の防備を固め、敵の襲来に備えなければならない。

迎撃の準備が整う中、ミアーザはふと違和感を覚えた。敵は要塞都市を避けてここまで来ている。そしてゴーレム族を使い捨てにしてまで城を目指している。なぜ、それほど急ぐのか？

（考えてみれば、おかしいな。何か急ぐ理由があるのかもしれない……）

南の小魔王国群は、長い戦乱の果てに、多くの軍団長や部隊長が戦死したと聞いている。本来、いまは力を蓄えるべきである。なぜそうしないのか。

「敵が来ました」

副官が報告にきた。

ミアーザが砦の最前面に赴くと、街道の幅一杯に広がった敵の姿が確認できた。

「敵が増えている⁉　待て、あれは、あの種族、あの陣容はっ！」

「ミアーザ様、どうされました？」

「すぐにダルダロス様に報せを出せ！　敵は……敵のロウス軍は、ルバンガ軍と合流した！　このままでは、この砦は持たないと伝えてくれ！」

ミアーザは迎撃の指示を出すが、敵は休む間もなく突撃してきた。

「迎え撃て！」

魔法が砦から飛び、敵の頭上へ雨のように降り注ぐ。だが、魔法でどれだけ敵を減らそうとも、進軍は緩むことはない。すぐさま、防壁を挟んでの攻防となった。

「迎撃しろ！　ここが正念場だぞ！　引いたら明日はないと思え！」

ミアーザの叫びも、敵の猛攻を前に霞《かす》んでいる。もはや組織的な反抗は不可能なところまで来ていた。各自が各所で防衛するしかない。それほど多くの敵が迫っている。

「私も出る！」

ミアーザは迫り来る敵を魔法で吹き飛ばし、前線に出ようとした。

「ミアーザ様、おやめください。危険です！」

「ここを守らねば、明日はない。みな、私に続け！」

魔法を連打しながら、ミアーザは前に進んだ。体内の魔素が空になるほど、魔法弾で多くの敵を倒した。ミアーザの部下もよくついてきた。ときに盾となり、ミアーザとともに前線を支えた。だが、ミアーザの周辺以外の戦場は、押され始めていた。敵の数が圧倒的なのだ。倒しても倒してもなお、敵は湧いてくる。状況を打破するには、敵のボスを倒すしかない。だがこの数を相手に、そこまでたどり着ける可能性は低かった。

張り詰めた糸が切れる瞬間がある。ミアーザの撃ち出した魔法弾が、敵の頭を粉砕した直後、複数の敵がミアーザに接近した。部下たちがそれを押し止《とど》める。一時、戦線が膠着《こうちゃく》した。

部下たちが押し返そうと、敵を引き連れて離れていった。

まるでエアポケットのようにミアーザの前に敵がいなくなった。その敵はどこへ行ったのか？

このとき、ミアーザの周辺を除いたほとんどの戦場で、敵が圧倒していた。戦線が崩壊したのだ。

そこからは早かった。敵の勢いは増し、ミアーザたちは瞬く間に、敵に取り囲まれてしまった。

下がる機会を失ったのである。

「こうなったら、一体でも多くの兵を倒す！」

もはや脱出は絶望的。ミアーザは、空になった魔素を無理矢理練り上げ、さらに魔法弾を撃つ。

だが、抵抗はそこまでだった。使いすぎた魔素は、ミアーザの身体から力を奪ってしまった。

「こ、ここでた……倒れては……」

敵に手をかざし、魔法弾を撃とうとするが、もはや手の平から何も出ない。

敵がミアーザに迫る。

（ここまでか……）

「……おっと！　よく頑張ったな。もう大丈夫だぜ」

ミアーザが気を失う直前、漆黒の翼が目に入った。

（ダルダロス……様？）

それ以降、ミアーザの思考は、闇に閉ざされた。


将軍ダルダロスが救援に駆けつけたことで、戦局は再び逆転した。戦力も五分まで戻り、士気も上がった。ダルダロスは付近の敵を一掃し終えると、戦場を部下に任せた。敵のボスを探しに行ったのである。

「ありゃ？　ここで引くのか？」

だがここでロウス・ルバンガ連合軍は、軍を引いた。ダルダロスが到着したことで、強引な突破は無理と判断したようだ。

ダルダロスが気づいたときにはもう、敵の撤退がはじまっていた。まるで最初から想定されていたかのような、見事な撤退だった。

「しょうがねえ、非戦闘員は砦の壊れた箇所を修復。怪我人を後方に移送しろ！」

ダルダロスも追撃はできない。砦から出るのは論外だし、ここで手間取ると、別ルートからの侵攻に対処できなくなる。

「ダルダロス様、ルイズ軍団長から報告です。クルル軍がナクティ軍と合流して襲いかかってきたとのことです。第二の砦で防戦中ですが、長く持たないようです」

「かぁー、マジかよ。あっちも連合を組みやがったか。よし、すぐ救援に向かう。飛べる奴らは、オレに付いてこい！」

ダルダロスは慌ただしく飛び去った。

ロウスとルバンガの軍が合流し、あちらでもクルルとナクティの軍が合流した。ダルダロスは四つの国を相手に、防衛戦をしなければならなくなった。ダルダロス軍が敗北すれば、後ろにはメルヴィスが眠る城があるのみ。

「ここが最後の砦ってやつだぜ。オマエら、気合いを入れろよ！」

こうしてダルダロスは、クルル・ナクティの連合軍に奇襲をかけるのであった。

【閑話　二】将軍ツーラートの勝負

小魔王レニノスは強かった。ゴロゴダーン将軍が挑み、負けた。戦いの一部始終を見ていた私は、それまで沸騰していた血が氷《こお》る思いを味わった。

レニノスの戦いぶりを見て、魔王に手をかけた存在と言われる理由がよく分かった。

あのとき私は、兵をまとめて帰還することしかできなかった。

レニノスの追撃は激しくなかった。あとで知ったが、北でファーラ軍の大侵攻があったらしい。作戦が成功していたのだ。

「ツーラート、彼が私の直属のゴーランだ。あのときの戦いで、ファーラ軍とレニノス軍を翻弄した猛者だよ」

ファルネーゼからあの男――ゴーランを紹介されたとき、私は驚きのあまり固まってしまった。

「紹介にあずかりましたゴーランです。過大な紹介をされましたが、俺のことは一介のオーガ族と思ってください」

私の内心に気づかず、ゴーランは丁寧な口調で頭を下げてきた。噂には聞いていたが、これがあの、ゴーランなのか？　本当に？

「あの作戦については俺も聞いている。その前にあった丘での戦いもだ」

レニノス軍の部隊長を二度にわたって撃破し、勝利の流れをつくった功労者。そして今回の作戦でも、ファルネーゼが抱える軍師を上回る知恵を見せたと聞いている。

目の前の男は紛れもなくオーガ族で、魔素量は……涙が出るほど少なかった。

ファルネーゼは彼のことを買っているようだが、私からしたらただの一兵卒。使い道のない、どこにでもいる兵にしか見えない。

ファルネーゼがやたらと私とゴーランを戦わせようとしていたが、この魔素量の差だ。そろそろ泣きが入るだろうと思って見ていると……。

「もう止せって言ってんだよ！　奥歯ガタガタいわして泣かすぞ、ゴルァ！」

将軍に喧嘩を売っていた。

「なるほど……たしかに戦闘狂だな」

思わず、そんな声が漏れた。たしかにゴーランは、後先考えないオーガ族らしいオーガ族だ。

「ああん？」

まさか夜会で耳を引っ張られ、耳元で「よく聞けや！」と言われるとは思わなかった。

「お、おい、ゴーラン」

ファルネーゼが慌てているがもう遅い。ここで引いたら、私は何のために将軍になったか分からなくなってしまう。私の目標は、ゴロゴダーンの強さと優しさを引き継ぐことだ。

ここはしっかりと、上下関係を分からせなければならない。

「そういうことなら、受けて立とう」

始めるまでもなく、私の勝利は確定していた……はずだった。

――ドドーン、ドシーン、ズシャーン、ダダーン

私は何度、床に身体を叩きつけられたことか。三十や四十は軽く転がされた。こちらの攻撃は一切当たらず、ゴーランの攻撃は面白いように当たる。気づいたら私は、床に叩きつけられていた。部下たちの前で転がされ、叩きつけられたのだ。恥辱以外の何ものでもない。

私は本気で殺しにかかったが、ゴーランは最初に余興と言った通り、最後まで遊びでことを納めてしまった。

魔王国の将軍メラルダの登場によって、この戦いは中途半端に終えることになった。

私は、ゴーランと再戦する機会をずっと待っていた。まさか戦場で、ゴーランと会えるとは思わなかった。敵を蹴散らしたあと、私は勝負を挑んだ。将軍は負けっぱなしではいられないのだ。

「どうしてもやるのですか？」

「ああ、先日の雪辱を果たさせてもらう」

余人を交えず、私とゴーランの戦いははじまった。

それは夜会の再現といえた。私の攻撃はことごとく空をきる。なるほど、夜会のあれはマグレでも何でもなかったのだ。私が攻撃を繰り出しても当たらない。当てられない、当たる気がしない。

愛用の武器を使ってもなお、ここまで翻弄されるとは、正直思わなかった。

一方で、ゴーランの攻撃は私にわずかながらもダメージを与えていく。トールトロル族の再生能力は群を抜く。身体をいくら貫かれようとも、時さえ経てば容易に回復する。ゆえにゴーランとの戦いは、私の勝利で終わる……はずだった。

「お前……その魔素は……？」

突然、ゴーランの魔素量が跳ね上がった。驚きすぎて、動けなかった。相手の魔素が急に変わるなど、これまで一度も経験したことがない。いやそれどころか、噂にも聞いたことがなかった。

私の渾身の一撃をゴーランは内に入って避けた。擦《かす》るだけで肉塊に変える私の攻撃を前進して避けにくるとは思わなかった。たしかに私の間合いは、腕の先からだが、まさか……。

「ここなら目を瞑っても当たるぞ」

嫌な予感が私を襲った。その瞬間、すべての筋肉を使って、振り下ろした金棒を跳ね上げた。だが、少しだけ遅かった。

腹を裂かれた感触はあった。背骨も断たれたと思う。胴体の半ば以上を斬り裂かれ、私は仰向けに倒れた。

「…………」

はみ出た臓物を腹の中に押し込み、しばらくそうしていると、傷口が塞がってきた。周囲が騒がしくなり、声が聞こえた。追撃に出ていた部下が戻ってきたのだ。

「ツーラート様っ！」

「さわぐな」

まだ大きな声は出せない。だが、分かってくれたようだ。

私は傷が治るまでの数時間、ずっと大地に横たわっていた。部下がそれを見守っている。

私はゴーランに勝負を挑んで負けた。それが私を打ちのめし、同時にすぐにでも再戦を申し込みたい衝動にかられた。

どうやら私は、ゴーランの戦い方に魅了されたみたいだ。


傷を治してから私は、本来の目的——敵を追いかけた。ロウスとルバンガが連合したようで、毎回大軍とぶつかった。

敵を蹴散らし、追い散らしたのを確認してから、私は城へ向かった。

そろそろ北へ戻る頃合いだ。

「助かったぞ、ツーラート。敵の大部隊を引き受けてくれたのだな。だが、こっそりとでも、教えてくれたらよかったぞ。使者から聞いて驚いた」

城へ行くと、ファルネーゼが出迎えてくれた。

「どうしても、レニノスの耳に入れたくなかった」

「まあ、そうだろうな……ん？　腹を怪我したのか？　ずいぶんと深いな」

私の腹部にはいま、横一線に黒いシミが走っている。ゴーランにつけられた傷痕だ。一定以上の怪我を負うと、そこが傷痕として残る。しばらくは消えない。傷痕がある間は、その場所の再生力が極端に落ちてしまう。つまり、同じ箇所を二度、大怪我すると、再生が追いつかなくなる。

「ゴーランはいま、どうしている？」

勝負に負けたのだ。私は潔くゴーランの下につこうと思う。もちろんこの傷痕が癒えたら、再戦を申し込むが。

「ゴーラン？　国境を越えたと連絡があったぞ。今頃は、メラルダと会っている頃だろう。でもなぜ、ゴーランのことを聞く？」

ファルネーゼが首を傾げている。

「この傷をつけられた。いや、こう言えばいいのか。私はあいつに勝負を挑んで、負けた。ゆえに将軍職をゴーランに譲りたい」

「えっ？　勝負ってツーラート、お前……ゴーランと戦ったのか？」

私は頷いた。将軍が勝負を挑んで負けるなど、さぞかし滑稽だろう。

「というか、ゴーランが勝った？」

ファルネーゼは信じられないものを見た顔をして、私の腹を凝視した。そして長い間の無言。

ファルネーゼが言葉を紡いだのは、かなり時間が経ってからだった。

「お前の気持ちも分かるが、ゴーランはいま、国外だ。戻ってきたら話し合え。私が言えるのはそのくらいだ」

なるほど、たしかにいまは任務中か。呼び戻すわけにもいかない。私は「分かった」とだけ答えて、北へ向かった。

私がレニノスとの戦いに生き延び、ゴーランが生きて帰ってきたときは、素直に将軍職を譲り渡そう。そしてその場で、勝負を挑もうと思う。

「フフフ……楽しみだな」

どうやら私も、戦闘狂に感化されたらしい。

茂木　鈴（もぎ・すず）

東京学芸大学を卒業後、予備校や進学塾で数学・物理を教えるかたわら、メールゲームのマスター、ゲーム、雑誌、WEBなどでライター業を営む。ある日『魔法科高校の劣等生』（電撃文庫）を読み、「これからはWEB小説の時代が来る」と確信し、WEB小説家にジョブチェンジ。代表作は、『異世界のカード蒐集家』（GCノベルズ）、『お人好しが異世界で一旗揚げますん』（Kラノベブックス）ほか多数。

レジェンドノベルス
LEGEND NOVELS

魔界本紀《まかいほんぎ》 2 下剋上《げこくじょう》のゴーラン

2020年2月5日　第1刷発行

［著者］　茂木《もぎ》 鈴《すず》
［装画］　lack《ラック》
［装幀］　團 夢見（imagejack）

［発行者］　渡瀬昌彦
［発行所］　株式会社 講談社
〒112-8001 東京都文京区音羽2-12-21
電話 ［出版］03-5395-3433
［販売］03-5395-5817
［業務］03-5395-3615

［本文データ制作］　講談社デジタル製作
［印刷所］　凸版印刷 株式会社
［製本所］　株式会社 若林製本工場

N.D.C.913 286p 20cm ISBN 978-4-06-518322-9

レジェンドノベルス
LEGEND NOVELS